JASON DARK

Don Harris, Psycho-Cop
Das Erbe der Wächter

Buch

Der Söldnerin Azucena ist es in Spanien gelungen, Don Harris und seiner Gefährtin Elektra das magische Amulett zu entwenden, das dem Psycho-Cop als Erbe der Wächter zusteht. Doch der Mann, dem Azucena es bringen sollte, wurde von dem Amulett nicht als würdig akzeptiert und von seiner Magie vernichtet. Statt das Amulett nun ihren anderen Auftraggebern, den Höllensöhnen, zu übergeben, will sich Azucena daraufhin nach London absetzen. Aber die Höllensöhne sind bereits hinter der Verräterin her und stellen ihr eine Falle. Sie wird in die Schweiz entführt, und da sie das magische Amulett nicht mehr bei sich hat und nicht verraten will, wo es sich befindet, gehen die Höllensöhne davon aus, dass es wieder in Don Harris' Besitz gelangt ist. Und so erhält dieser in London einen seltsamen Anruf: Man bietet ihm die gefangene Azucena im Austausch gegen das Amulett. Als Don Harris sich seinem Vorgesetzten Jack O'Donnell anvertraut, macht der ihm ein paar überraschende Eröffnungen …

Autor

Jason Dark ist das Pseudonym des Schriftstellers Helmut Rellergerd. Er hat die Romanfigur des Geisterjägers John Sinclair ins Leben gerufen. Die Abenteuer des englischen Helden erscheinen seit Anfang der 1970er Jahre in Heft- und Taschenbuchform und entwickelten sich zur erfolgreichsten deutschen Gruselserie mit einer Gesamtauflage von mehr als 270 Millionen Exemplaren. Inzwischen wurde der Autor mehrfach preisgekrönt (u. a. Hörspielpreis der News Corporation für die beste Hörspielserie) und mit Beinamen überhäuft, vom »Herrn der Monster« bis zum »Meister des Unheimlichen«. Helmut Rellergerd wuchs in Dortmund auf, er lebt heute in Bergisch-Gladbach, ist verheiratet, hat zwei Kinder und ein Enkelkind.

In der Serie Jason Dark: Don Harris, Psycho-Cop sind *bereits erschienen:*

Das dritte Auge (36577) – Der Club der Höllensöhne (36578) – Das schwarze Amulett (36579) – Das Erbe der Wächter (36580)

Weitere Romane der neuen Grusel-Thriller-Serie von Jason Dark sind in Vorbereitung.

Jason Dark

Don Harris Psycho-Cop

Das Erbe der Wächter

Roman

blanvalet

1. Auflage
Originalausgabe Mai 2007 bei Blanvalet,
einem Unternehmen der Verlagsgruppe
Random House GmbH, München.

Die Veröffentlichung dieses Werkes erfolgt auf Vermittlung der
Autoren- und Verlagsagentur Peter Molden, Köln.
Umschlaggestaltung: HildenDesign, München
Umschlagillustrationen: Agt. Luserke/Bondar
Redaktion: Peter Thannisch
UH · Herstellung: Heidrun Nawrot
Satz: Uhl + Massopust, Aalen
Druck und Bindung: GGP Media GmbH, Pößneck
Printed in Germany
ISBN 978-3-442-36580-7

www.blanvalet-verlag.de

1

Die Finger der dunkelhaarigen Frau zitterten unmerklich, als sie die rechte Hand vorschob, unter deren Fläche das Päckchen mit dem brisanten Inhalt fast verborgen war.

Ein junger Postbeamter nahm es entgegen, schaute dabei hoch – und bekam einen roten Kopf, denn der Blick der beiden dunklen Augen verwirrte ihn.

»Sie möchten es aufgeben, Señora?«

»Wäre ich sonst hier?«

»Ja, natürlich. Es ist nur so …«

»Was ist?«

Der junge Mann schwieg. Dabei zuckten seine Wangen. Vielleicht hatte er sich auf die Zunge gebissen. Zu ihm kamen viele Kunden, aber nur wenige sahen so exotisch und zugleich so interessant aus wie diese Frau mit den dunklen Haaren.

Er schaute auf die Anschrift. »Nach London also?«

»Ja, von Barcelona nach London. Und das per Express, mein Lieber.«

»Klar, Señora. Deshalb sind Sie auch hier am Flughafen.«

»Sie sagen es.«

Azucena hatte die Antwort mit ruhiger Stimme gegeben. Innerlich sah es bei ihr anders aus: Sie musste darauf gefasst sein, verfolgt zu werden – und dass an jeder Ecke eine Gefahr lauerte. Sie würde erst ruhiger sein, wenn sie in der Maschine saß.

Der Angestellte überreichte der Frau eine Quittung. Er bemerkte nicht, wie sie das Papier zerriss. Die Schnipsel landeten in einem in der Nähe stehenden Papierkorb. Auch ihn deckte Azucena mit ihrem Körper ab.

Sie bekam die Rechnungssumme genannt, zahlte und drehte sich vom Schalter weg.

Der junge Postangestellte stieß hörbar die Luft aus und flüsterte: »War das ein Schuss?«

Azucena hörte es nicht mehr. Sie hatte den Bereich der Post verlassen und begab sich in die Abflughalle, durch die sie schlenderte. Draußen brannte die Sonne von einem fast wolkenlosen Himmel. Azucena war froh, dass recht viel Betrieb herrschte. So war es leichter, unentdeckt zu bleiben, obwohl sie davon ausging, dass die andere Seite Profis geschickt hatte, die alle Tricks kannten.

Sie wollte nach England fliegen. London war ihr Zielflughafen. Erst mal weg aus Spanien, wo ihre Aufgabe erledigt war: Das Amulett befand sich in ihren Händen und nicht im Besitz eines gewissen Don Harris. Aber das Spiel war nicht beendet, noch längst nicht. Die Karten waren inzwischen neu gemischt worden. Nun kam es darauf an, wer die besseren Trümpfe hatte.

Ihr gefiel jedoch nicht, dass sie nicht alle Mitspieler kannte, die in der großen Runde saßen. Die meisten hielten sich bedeckt, konnten aber blitzschnell zuschlagen.

Bis zum Start der Maschine war noch Zeit. Sie stand zwar auf der Tafel, aber der Warteraum war noch verschlossen, und so beschloss Azucena, sich einen Kaffee zu gönnen.

Einen Platz fand sie in einer der offenen Bars. An der Theke nahm sie die Tasse entgegen, kaufte auch noch ein Croissant und suchte sich einen Platz. Mit einer geschmeidigen Bewegung ließ sie sich auf dem Stuhl nieder und nippte einige Male an dem heißen Getränk.

Die innere Unruhe war längst nicht verschwunden, obwohl sie ruhig wie eine Statue dasaß. Nur ihre Augen befanden sich in Bewegung. Sie suchten die Umgebung ab, fixierte die anderen Gäste, um zu erfahren, wer sich verdächtig benahm und sich für sie interessierte.

Sie entdeckte niemand.

Zu viele Menschen.

Geschäftsleute, Urlauber, Familien mit ihren Kindern. Oft farbig. Reisende aus aller Herren Länder bevölkerten die Halle. Orient und Okzident trafen zusammen, und der Wirrwarr aus Sprachen rauschte wie eine nie abreißende Melodie an ihr vorbei.

Manchmal hörte sie ein schrilles Lachen, dann wieder die schimpfenden Worte der Mütter, wenn sie ihre

Kinder zur Ordnung rufen mussten. Sie sah Geschäftsleute in ihren Business-Anzügen und die lockeren Outfits der jungen Frauen, für die der Airport nur eine Durchgangsposition war auf dem weiteren Weg zu den Touristenzentren an der Küste.

Sie aß ihr Croissant, trank den Kaffee in kleinen Schlucken und war dennoch nicht froh über ihre Lage. Es wäre ihr lieber gewesen, einen der Beschatter zu entdecken, aber es fiel ihr niemand auf, und dabei war Azucena nicht so leicht zu täuschen.

Ich bin eine Verräterin!

Es war genau dieser Gedanke, der sie nicht loslassen wollte. Und wenn sie ehrlich gegenüber sich selbst war, dann traf dies auch hundertprozentig zu. Und da kam noch etwas anderes hinzu, ein Geheimnis, und das hatte mit dem Amulett und Don Harris zu tun. Und es ging dabei um eine Frau namens Elektra.

Wie leicht hätte sie diese Frau und Don Harris auf der Finca töten können. Doch sie hatte es nicht getan, und wahrscheinlich waren die beiden darüber am meisten verwundert. Nun, was in der Vergangenheit geschmiedet worden war, durfte nicht so einfach zerstört werden.

Dennoch sah sich Azucena als Verräterin. Ihren Job hatte sie erfüllt, aber alles Weitere nicht. Ihr Team – das Einsatzkommando – hatte sich aufgelöst, nachdem sie die Finca verlassen hatten. Den weiteren Weg würde sie allein gehen, nur mit der Erwartung, dass ihre ehemaligen Freunde nun auf der anderen Seite standen.

Noch ein letzter Schluck. Bis auf einen braunen Rand am Boden war die Tasse leer.

Azucena atmete tief durch. Ein knapper Blick auf die Uhr: Es wurde Zeit, sich zum Terminal zu begeben. In London würde man dann weitersehen.

Sie stand auf.

Auch dabei schaute sie sich um. Das Kribbeln auf ihrem Rücken wollte nicht weichen, obwohl sie nichts Verdächtiges sah. Aber sie ging einfach davon aus, dass bereits das unsichtbare Netz geknüpft war, in dessen Maschen sie sich verfangen sollte.

Viel Gepäck hatte sie nicht. Nur eine Reisetasche aus weichem Stoff. Sie nahm sie auf, verließ den Bereich der kleinen Bar und schlenderte in Richtung der großen Anzeigetafel.

Auf halbem Weg dorthin erklang eine Stimme aus dem Lautsprecher. Eine Durchsage, laut genug, um von jedem in der Halle gehört zu werden. Azucena sprach genügend Spanisch, um verstehen zu können, was gesagt wurde.

Der Flug nach London war abgesagt!

Ein Fluch zischte über ihre Lippen, und sie schaute sich erneut um. Außer ihr gab es nur wenige Passagiere, die sich um die Durchsage kümmerten. Diejenigen, die es betraf, wurden gebeten, sich am Schalter der British Airways zu melden.

Als sie die Durchsage gehört hatte, war Azucena fast vereist. Sekunden danach stieg ihr das Blut in den Kopf. Sie musste sich den Gegebenheiten fügen und sich zunächst zum Schalter begeben. Möglicherweise eröffnete man ihr dort eine Alternative.

War es Zufall oder gelenkt, dass ausgerechnet ihr Flug ausfiel?

Während sie auf das Ziel zueilte, schoss ihr diese Frage durch den Kopf. Sie war eigentlich eine coole Person, doch sie bekam dennoch leicht schwitzige Hände.

Dem Pech folgt oft das Glück. In diesem Fall war es so. Sie hatte eine Schlange aufgeregter und frustrierter Passagiere erwartet, aber vor dem Schalter war alles frei. Zwei Frauen sah sie soeben weggehen, und die machten sogar einen recht zufriedenen Eindruck.

Hinter dem Tresen saß eine junge Frau, die sie anlächelte. »Was kann ich für Sie tun, Madam?«

»Ich gehöre zu den Passagieren der Maschine, die …«

»Verstehe. Darf ich Ihr Ticket sehen?«

»Bitte.«

Die junge Frau mit den blondroten Haaren warf nur einen kurzen Blick darauf. »Sie haben leider Pech gehabt, die Maschine kann nicht starten. Triebwerkschaden. So etwas kommt vor.«

»Sehr schön. Und was mache ich jetzt? Ich muss nach London, verdammt noch mal!«

»Ich bitte Sie. Da kommen Sie auch hin.«

»Und wann?«

»Sie können heute noch starten. In einigen Stunden fliegt die nächste Maschine und …«

»Das ist verdammt spät«, unterbrach Azucena die Frau. »Ich muss hier früher weg!«

»Hm ...«

»Gibt es eine Alternative?«

»Die gäbe es schon.«

»Reden Sie!«

Die Frau schaute auf ihren Bildschirm. »Sie können über Paris oder München fliegen. Auch Hamburg und Frankfurt habe ich auf der Liste. Allerdings sieht es dort mit den Anschlussflügen schlecht aus, da haben Sie dann keine guten Karten.«

»Haben Sie nichts anderes zu bieten?«

Die Mitarbeiterin der British Airways nickte vor sich hin. Azucena wollte sie schon anfahren, als die Frau wieder das Wort ergriff. »Eine Möglichkeit gäbe es schon«, sagte sie. »Es startet in kurzer Zeit ein Lear-Jet nach London. Er gehört zu einer kleinen iberischen Fluggesellschaft, und es sind noch Plätze frei. Über die Kosten müssten wir uns dann später unterhalten.«

»Das ist mir egal.«

»Dann wollen Sie den Lear-Jet nehmen?«

»Ja, ich nehme ihn.«

»Gut, ich stelle Ihnen eine Bordkarte aus.«

»Machen Sie das.«

Azucena atmete tief durch. Sie hatte das Gefühl, auf einem viel zu heißen Boden zu stehen, deshalb wollte sie so schnell wie möglich weg aus Spanien.

Die Gedanken überschlugen sich in ihrem Kopf. In

Augenblicken wie diesem merkte sie wieder, dass auch sie trotz allem nur ein Mensch war. Sie überlegte, ob man ihr eine Falle gestellt hatte. Der Arm der Höllensöhne reichte weit, sehr weit. Ob sie es allerdings schafften, eine derartige Manipulation vorzunehmen, war fraglich.

Hinter ihr standen inzwischen weitere Passagiere. Sie regten sich auf, sprachen von geplatzten Terminen und Schadensersatz.

»So, ich habe für Sie alles umgebucht. Sie brauchen nicht mal weit zu laufen, aber die Maschine wird bald starten. Nehmen Sie das übernächste Gate, Madam.«

»Danke«, sagte Azucena, nachdem sie die Unterlagen entgegengenommen hatte. Man wünschte ihr noch einen guten Flug, aber das hörte sie schon nicht mehr.

Glück im Unglück – so hätten es viele Menschen gesehen. Nicht Azucena. Sie war und blieb misstrauisch, denn sie wusste genau, wer gegen sie stand. Die waren mal ihre Verbündeten gewesen, doch Azucena hatte durch ihr Verhalten die Seiten gewechselt, und das würden die Anderen nicht hinnehmen.

Es lief alles normal, sie wurde nicht aufgehalten. Als sie die Halle verließ und einen Blick über das Rollfeld warf, sah sie startende und landende Maschinen und einen kleinen Bus, dessen Fahrer ihr bereits zuwinkte. »Bitte steigen Sie ein. Sie sind der letzte Passagier. Auf Sie haben wir noch gewartet!«

»Danke.« Sie blieb dicht hinter der Tür stehen, die

sich mit einem zischenden Geräusch schloss. »Wie voll ist die Maschine denn?«

»Es sind nur zehn Passagiere. Geschäftsleute, die dringend nach London müssen.«

»Das muss ich auch.«

Der Fahrer grinste. »Dann sind Sie bei mir genau richtig.«

Es gab einen leichten Ruck, als der Bus startete. Azucena musste sich festhalten. Sie suchte sich einen Sitzplatz aus und hätte eigentlich aufatmen können. Genau das tat sie nicht. Das Misstrauen steckte einfach zu tief in ihr…

Der Bus stoppte neben der kleinen Maschine, deren kurze Gangway noch ausgeklappt war. In der offenen Tür erwartete sie eine junge Frau in der Uniform einer Stewardess. Sie lächelte freundlich und sagte: »Da ist ja unser letzter Passagier. Herzlich willkommen an Bord.«

»Ja, danke«, erwiderte Azucena nur knapp und stieg in die Maschine, in der bereits alle anderen Passagiere saßen, ausschließlich Männer in ihren Business-Anzügen. Es waren noch Plätze frei, und Azucena ging durch den Mittelgang, um sich einen auszusuchen. Sie wählte einen ziemlich in der Mitte und rutschte bis ans Fenster.

Die Blicke der Passagiere hatte sie nicht übersehen. Manche teilnahmslos, manche sehr interessiert, und das Blitzen in deren Augen war ihr nicht entgangen. Männer reagieren in allen Ländern der Welt gleich.

Manche lasen Zeitungen, andere hielten irgendwelche Unterlagen in den Händen. Auch sie hatten ursprünglich mit der Linienmaschine fliegen wollen und mussten dringend nach London.

Azucena schnallte sich an. Sie kannte die Prozedur, und als sie das Aufheulen der Triebwerke hörte, hätte sie sich eigentlich erleichtert fühlen können, was aber nicht zutraf.

Der Lear-Jet rollte der Startbahn entgegen. Sonnenstrahlen trafen das Fenster an Azucenas Seite, und sie zog den Sonnenschutz nach unten, um nicht geblendet zu werden. Sie hoffte nur, London ohne Zwischenfälle zu erreichen.

Der Lear-Jet nahm an Geschwindigkeit zu. Die Startbahn hatten sie mittlerweile erreicht. Sehr viel Anlauf brauchte er nicht, um abheben zu können. Azucena spürte den leichten Druck im Magen. Sie schloss die Augen und gab sich voll und ganz dem Gefühl hin, als der Flieger abhob und den Wolken entgegenschoss. Erst als die Maschine wieder in die Waagerechte ging, öffnete sie die Augen. Sie blieb angeschnallt, zog den Sonnenschutz hoch und warf einen Blick aus dem Fenster in die Tiefe.

Sie sah den Airport unter sich, den Hafen, die Stadt und auch das Meer – ein Bild wie auf einer Postkarte.

Die Maschine stieg noch einmal an, bis sie die richtige Höhe erreicht hatte. Erst dann kam es in der Kabine zur allgemeinen Entspannung. Die Passagiere schnallten sich los. Die Stimme des Piloten begrüßte über Lautsprecher die Ladys und Gentlemen und sprach von einem wunderbaren und sehr ruhigen Flug. Er wies noch auf den Ausblick hin, den später die Berge bieten würden, dann überließ er die Passagiere wieder sich selbst.

Die Stewardess ging durch den Mittelgang. Sie brachte Zeitschriften und bot auch Getränke an.

»Was kann ich für Sie tun, Madam?«

»Nur etwas zu trinken.«

»Wasser, Säfte oder …«

»Ich nehme Wasser.«

»Sehr wohl.«

Azucena bekam ihre kleine Flasche, drehte den Verschluss auf. Sie füllte den dazugehörigen kleinen Becher bis zur Hälfte und nahm den ersten Schluck. Dann schaute sie sich heimlich um, um die Passagiere zu sehen, die sich in ihrem Sichtbereich aufhielten.

Verändert hatten sie ihre Haltungen nicht. Einer von ihnen hielt die Augen geschlossen, und eine Zeitung lag zusammengefaltet auf seinen Knien.

Die Frau mit den dunklen Haaren und dem exotischen Gesicht überlegte, ob auch sie die Augen schließen und schlafen sollte. Verdient hatte sie sich die Ruhe, denn die letzten Tage waren ziemlich stressig gewesen. Also machte auch sie die Augen zu.

Es gab keine Turbulenzen in dieser Höhe. Über Europa schien die Sonne, nur der Norden wurde von den Ausläufern eines Tiefs gestreift. Selbst die britischen

Inseln wurden von diesem herrlichen Frühsommerwetter verwöhnt.

Die Temperatur im Innern der Maschine empfand Azucena ebenfalls als angenehm, nicht zu warm und nicht zu kühl, zum Entspannen gerade richtig. Sie verstellte ihren Sitz, setzte sich bequemer hin und versuchte, etwas Schlaf zu finden.

Zwar sackte sie nicht weg in einen Tiefschlaf, doch entspannte sie sich so weit, dass sie döste, und sie wurde auch nicht von irgendwelchen Außengeräuschen gestört. Die Gedanken wurden weggetrieben, und wer sie beobachtet hätte, dem wäre sogar ein Lächeln auf ihren Lippen aufgefallen.

Es ging ihr gut.

Dann aber störte sie etwas. Stimmen drangen in ihr Bewusstsein. Sie hörte ein hartes Lachen. Männer redeten durcheinander, und jemand berührte sie an der Schulter.

Azucena riss die Augen auf und war sofort wieder hellwach.

Sie gehörte zu den Menschen, die es gewohnt waren, sehr schnell zu reagieren. Hinzu kam ihre Auffassungsgabe, und als sie in den Gang schaute, bot sich ihr ein völlig verändertes Bild.

Einige der Passagiere waren aufgestanden und nach vorn zum Cockpit durchgegangen. Sie mühten sich dort mit etwas ab. Das konnte sie so eben noch erkennen.

Azucena wollte es genau wissen. Sie rutschte auf

den zweiten Sitz, der am Gang lag, drehte den Kopf und schaute nach vorn. Der Mittelgang wurde zum Cockpit hin von mehreren Männern versperrt.

Azucena war sofort klar, dass auf einmal einiges nicht stimmte. Die Normalität war brutal entfernt worden, und sie wusste, dass sie einen Fehler begangen hatte.

Die Männer zogen und schoben zugleich etwas nach vorn, in Azucenas Richtung. Je näher sie kamen, desto mehr konnte Azucena davon erkennen.

Ein Bein, ein Arm, auch ein Kopf...

Es dauerte nicht mehr lange, da war die Sicht frei, denn die Männer hatten sich gesetzt.

Azucena stockte der Atem. Mit einem derartigen Bild hatte sie in ihren kühnsten Träumen nicht gerechnet, und in diesem Moment musste sie zugeben, dass der Arm der Höllensöhne verdammt weit reichte.

Im Gang lagen drei Tote!

Zwei Männer und eine Frau!

Die Frau war die Stewardess, die Azucena an der Gangway empfangen hatte. Die toten Männer waren der Pilot und sein Co-Pilot. Alle drei waren erschossen worden. Die Kugeln hatten sie jeweils mitten in die Stirn getroffen, wo sie Wunden hinterlassen hatten, die aussahen wie dunkelrote und an den Rändern leicht ausgefranste Blüten. Schüsse hatte Azucena nicht gehört, daher ging sie davon aus, dass die Killer Schalldämpferwaffen benutzt hatten.

Viele Menschen hätten bei diesem Anblick geschrien. Azucena jedoch reagierte nicht. Sie saß starr wie eine Plastik auf ihrem Sitz, schaute in den Mittelgang und spürte nur ein eisiges Schaudern auf ihrem Rücken, das der innere Frost erzeugte.

Es wurde kein Wort gesprochen. Wären nicht die Außengeräusche der Maschine gewesen, so hätte man von einer tödlichen Stille sprechen können. Azucena wusste genau, dass diese drei Leichen eine besondere Zugabe für sie waren, und ihr wurde klar, dass man die Höllensöhne nicht so leicht hintergehen konnte.

Sie blieb still, atmete nur durch die Nase. Man ließ ihr auch Zeit, sich an das makabre Bild zu gewöhnen, und der Begriff Zeit war für sie sowieso sehr relativ. Hätte man sie gefragt, wie viel Zeit seit ihrem Erwachen vergangen war, sie hätte keine Antwort geben können.

Erst sehr langsam änderte sich die Situation. Die »Passagiere« regten sich, drehten die Köpfe und schauten Azucena an: lächelnd, wissend, überheblich, so als wollten sie ihr zeigen, wie gering ihre Chancen waren. Gar nichts lief. Sie musste passen, denn alle Trümpfe lagen in den Händen der anderen.

»Reicht dir das?«

Eine scharfe Stimme hallte durch den Innenraum. Der Sprecher war nicht zu sehen, aber der Klang der Stimme kam ihr bekannt vor. Azucena hatte sie schon mal gehört, allerdings nur am Telefon.

»Was soll reichen?«

»Die drei Toten! Sie sind deinetwegen gestorben!«

»Ich habe sie nicht umgebracht.«

»Nicht direkt. Aber indirekt vielleicht. Ja, so kann man es sagen.«

Der Sprecher hatte sich bisher nicht gezeigt; durch die hohen Rückenlehnen der Sitze war er ihr verborgen geblieben. Das änderte sich, denn weiter vorn erhob sich eine Gestalt. Der Mann musste gebückt gehen, und Azucena bekam mit, dass er an der Gangseite ihr gegenüber gesessen hatte.

Sie fragte sich, ob er ihr beim Einsteigen schon aufgefallen war. Das war nicht der Fall. Er musste sich versteckt gehalten haben, denn einer wie er war normalerweise nicht zu übersehen. Sehr breitschultrig war er, wenn auch nicht besonders groß. Er hatte weißes und sehr kurz geschnittenes Haar, eine sonnenbraune Haut, sehr helle Augen, eine kleine Nase und einen breiten Mund mit schmalen Lippen über dem eckigen Kinn. Bekleidet war er mit einem hellgrauen Sommeranzug, zu dem er ein schwarzes Hemd trug.

Er stieg lässig über die Leichen hinweg oder drückte sich an ihnen vorbei und drehte sich Azucena zu, um ihr direkt ins Gesicht zu schauen. Sie hielt dem Blick stand und wartete darauf, erneut angesprochen zu werden. Auch wollte sie, dass sich der Typ vorstellte.

»Die drei haben nicht viel gespürt. Sie waren sehr schnell tot. Drei Schüsse und vorbei. Dabei hätten sie noch leben können, wenn du besser mitgespielt hättest.«

Azucena ging nicht weiter darauf ein. Vor zwei Tagen hatte sie den entscheidenden Schritt getan und stand seitdem nicht mehr auf der Seite der Höllensöhne, aber das wollte sie dem Typ nicht unter die Nase reiben.

»Wer sind Sie?«

»Wir kennen uns.«

»Glaub ich nicht.«

»Wir haben zumindest telefoniert. Ich sehe mich als Kontaktmann an, und ich gab dir den Auftrag, das Amulett zu besorgen, was du ja wohl getan hast. Aber den zweiten Teil deines Auftrags hast du nicht erfüllt, sonst hätte dies alles nicht sein müssen, und die drei Mitglieder der echten Crew wären noch am Leben.«

Sie blieb bei ihrer Frage. »Wer sind Sie?«

Der Weißhaarige lächelte eisig. »Gut, spielen wir mit offenen Karten. Mein Name ist Ziegler – Jean Ziegler.«

»Franzose?«

»Bewahre, ich bin neutral«, erwiderte er nicht ohne Ironie. »Ich bin Schweizer.«

Sie nickte. Unwillkürlich warf sie einen Blick auf die Toten. Um die Flugbegleiterin tat es ihr besonders leid. Sie war eine hübsche junge Frau mit blonden Haaren gewesen. Sie lag so, dass der Name auf ihrem kleinen Schild an der rechten Brustseite zu lesen war.

Iris Bölkei. So hatte der Tod eine Identifizierung erhalten, und Azucena merkte, dass die Wut in ihr hochkochte. Sie ärgerte sich darüber, denn ihr Gesicht lief rot an, und sie wusste, dass sie sich keine Schwäche erlauben durfte. Nicht bei dieser Übermacht.

»Es ist nun mal so gekommen, Ziegler. Ich kann es nicht ändern. Sorry.«

»Das ist zu wenig.«

»Ach?«, spottete sie. »Soll ich jetzt vor Ihnen auf die Knie fallen? Wollen Sie das?«

»Nein.«

»Dann bin ich ja beruhigt.«

Ziegler setzte sich hin, ihr gegenüber auf die andere Seite des Mittelganges, sodass er sich entspannt mit ihr unterhalten konnte. »Beruhigt kannst du erst später sein, Azucena, wenn du uns das gegeben hast, was sich in deinem Besitz befindet. Gib es her.«

Sie schüttelte den Kopf. »Tut mir leid, aber ich habe das Amulett nicht bei mir.«

»So?«

»Ja. Ihr könnt mein Gepäck durchsuchen. Es ist nicht da.«

»Und wo befindet es sich?«

»Das weiß ich nicht.«

Ziegler überlegte. Dann lachte er. »Es ist komisch, Azucena, aber ich habe tatsächlich mit einer derartigen Antwort gerechnet. Ja, man muss eben auf alles vorbereitet sein. Dann hast du es verloren?«

»Kann sein.«

»Hm.« Der Schweizer schaute sie nachdenklich an. Zumindest zeigte sein Gesicht diesen Ausdruck. Aber in den kalten Augen las Azucena nur Gnadenlosigkeit, die sie erschütterte. Dieser Mann ging über Leichen, was bei den Höllensöhnen üblich war.

»Du hast es also nicht?«

»Genau.«

»Und du weißt auch nicht, wo es sich befindet?«

Sie hob die Schultern.

»Das ist nicht von Vorteil. Du weißt doch, wie wichtig das Amulett für uns ist. Da du dich so stur stellst, werden wir zu Plan B greifen müssen.« Ziegler schlug lässig die Beine übereinander. Dabei schaute er auf seine Fingernägel. »London ist wirklich eine schöne Stadt, aber leider ist sie in diesem Augenblick nicht gut für uns. Um das zu bekommen, was wir wollen, werden wir woanders landen müssen.«

»Das hattet ihr doch sowieso vor.« Sie deutete auf die Toten. »Wie hättet ihr sie erklären können?«

»Wir wären sie zuvor losgeworden, was auch jetzt der Fall sein wird. Vor der Landung werden sie aus der Maschine geworfen, nur nicht über britischem Gebiet.«

»Wo dann?«

»Nun, ich gehöre zu den Menschen, die ihre Heimat lieben. Muss ich noch mehr sagen?«

»Sie meinen die Schweiz?«

»Perfekt, meine Liebe. Um genau zu sein, ich meine den Kanton Graubünden. Und ich werde noch deutlicher werden und dir auch die Stadt nennen. St. Moritz.«

»He, der Promi-Ort?«

»Nur das Beste für unsere Gäste.« Er lachte, weil sich der Spruch so prima reimte. »Leider muss ich dir sagen, dass du nicht in einem der Luxus-Hotels einquartiert wirst. Wir bringen dich ja nicht dorthin, damit du dich erholen kannst.«

»Ich werde es überleben.«

Ziegler lächelte, nickte dann und sagte: »Du scheinst noch immer nicht zu wissen, in welch einer Lage du dich befindest. Du solltest mal darüber nachdenken, ob es nicht besser für dich ist, wenn du uns sagst, wo sich das Amulett befindet.«

»Ich habe es nicht.«

Er stand auf. »Ja, ja, das weiß ich, aber …«

Er trat blitzschnell zu.

Ein schneidender Schmerz jagte durch Azucenas linkes Bein. Der Tritt hatte ihr Schienbein erwischt. Dass sie nicht aufschrie, verdankte sie ihrer außergewöhnlichen Beherrschung.

Damit war Ziegler noch nicht am Ende. Azucena reagierte so, wie er es sich vorgestellt hatte. Sie beugte sich nach vorn, und seine Handkante jagte wie ein Fallbeil in den Nacken der Frau, die daraufhin schlaff in den Mittelgang fiel.

»Durchsucht sie!«, ordnete Ziegler an und lehnte sich zurück. Er wollte ganz sicher sein. Das Amulett konnte sie auch am Körper verborgen tragen.

Er selbst kümmerte sich um die Reisetasche, die er aus der oberen Ablage holte. Er riss die Klettverschlüsse auf und durchwühlte den Inhalt. Normalerweise liebte er Dessous bei Frauen, in diesem Fall aber schleuderte er sie zur Seite, dann kippte er die Tasche aus, und Kosmetika rollten über den Boden.

Ziegler war ein Mensch, der nur selten Gefühle zeigte. In diesem Augenblick tat er es schon, denn er wurde vor Zorn rot im Gesicht.

»Nichts!«, zischte er. »Verdammt noch mal, da ist nichts!« Er schüttelte wütend den Kopf, und in seiner Kehle entstand ein Grollen. Seine Augen blickten noch härter, er trat wütend auf die Dessous und schaute zugleich zu, wie seine Leute Azucena wegschleppten. Wie vorhin die Leichen wurde auch sie durch den Mittelgang gezogen, ohne dass sie sich dagegen wehrte.

»Wir kriegen dich klein!«, flüsterte er. »Verdammt klein sogar. Darauf kannst du dich verlassen …«

Danach ging er zu seinem Piloten und gab den neuen Kurs bekannt …

Es ging ihr schlecht!

Azucena war nicht bewusstlos, aber groggy, und sie wurde über den Boden gezogen.

Man ließ sie schließlich los und zunächst einmal liegen. Der Schmerz im Bein vereinigte sich mit dem Druck im Kopf, der fast drohte auseinanderzuspringen.

Sie öffnete die Augen, obwohl ihr das nicht leichtfiel. Sie sah nicht mehr klar. Die Decke über ihr war zu einer schwankenden Masse geworden. Die Fluggeräusche, die sie bisher nicht gestört hatten, drangen überlaut in ihre Ohren und dann in den Kopf.

Sie schämte sich wegen ihrer Kraftlosigkeit. Es war ihr kaum möglich, einen Arm zu heben. Dieser Hundesohn von Ziegler wusste genau, wie man einen Schlag ansetzen musste, um einen Menschen zu paralysieren.

Lange blieb sie nicht allein. Zuerst hörte sie nur die Flüsterstimmen, dann waren die Typen bei ihr. Und sie schienen unzählige Hände zu haben. Sie packten überall zu. Sie zerrten ihr die Hosen nach unten, die Jacke wurde ihr auf den Rücken gezogen, nachdem man sie angehoben hatte, während sich die Typen flüsternd unterhielten.

Ihre Hände waren dort, wo sie nicht hingehörten, aber der große Spaß wurde ihnen nicht gegönnt. Wie aus einer sehr weiten Distanz hörte Azucena eine Stimme, die sie erst Sekunden später einordnen konnte.

»Habt ihr es?« Ziegler hatte gesprochen.

»Nein, verdammt.«

»Sucht weiter.«

»Sie hat nichts bei sich.«

Ein Fluch erklang. Wenig später wurde Azucena losgelassen. Sie war noch immer schwach und blieb liegen. Es half ihr auch niemand auf die Beine. So blieb sie sich selbst überlassen.

Azucena hätte sich selbst als einen harten Knochen

bezeichnet. Auch in diesem Fall dachte sie so. Die Schläge hatten ihr nicht so viel ausgemacht, deren Wirkung würde sie bald verdaut haben. Aber da war die Demütigung, die sie erlitten hatte. Diese widerlichen Hände an ihrem Körper, die keine Tabuzonen kannten. Das hatte sie selbst in ihrem Zustand als ekelhaft empfunden.

Aber man hatte nichts gefunden. Man hatte nichts finden *können*. Aber sie wusste, wie weit die andere Seite zu gehen bereit war, was auch Folter nicht ausschloss.

Ziegler hatte ihr erklärt, wo er sie hinschaffen würde. Okay, die Schweiz war ein Land, in dem sie sich wohlfühlen konnte. Aber nicht als Gefangene der Höllensöhne.

Sie war zwar noch nicht wieder voll fit, fing aber damit an, ihre Kleidung zu ordnen. Man hatte ihr die Klamotten nicht völlig vom Körper gestreift, und sie konnte die Hose wieder in die Höhe ziehen und auch das Oberteil zurechtrücken.

Ihr Nacken fühlte sich steif an. Impulsweise sandte er die Schmerzstöße ab. Das Schienbein schien noch immer zu brennen, doch das ließ sich ertragen. Wichtig für sie war, dass sie noch lebte, und das wollte sie so lange wie möglich beibehalten.

Erneut hörte sie Zieglers Stimme. Diesmal sogar deutlicher. Auch ein Zeichen, dass es ihr wieder besser ging. Den genauen Text verstand sie nicht, aber er sprach auch nicht zu ihr, sondern zu seinen Leuten.

Es dauerte nur Sekunden, bis zwei von ihnen wieder bei ihr waren, sich bückten und sie nicht eben sanft auf die Beine zerrten.

Schwankend blieb sie stehen. Schwindel überkam sie. In der Maschine drehte sich alles, und sie hatte auch mit Übelkeit zu kämpfen. Den Kampf gewann sie.

Man stieß sie vor.

Automatisch setzte sie einen Schritt vor den anderen, bis sie eine bestimmte Stelle erreicht hatte. Dort erhielt sie einen Stoß und kippte zurück. Sie fiel genau auf ihren Platz. Da sie noch nicht klar sah, wirkte die Gestalt, die ihr ein Glas Wasser in die Hand drückte, wie ein Gespenst. Wenig später erkannte sie Jean Ziegler. Er saß ihr wieder im Gang gegenüber.

Azucena konnte das Glas nicht ruhig halten. Wasser schwappte über und rann kalt an ihren Fingern entlang.

»Nicht verschütten – trinken!«

Am liebsten hätte sie Ziegler das Wasser ins Gesicht gekippt. Davon nahm sie Abstand und nahm einen Schluck. Sie musste zugeben, dass es ihr guttat. Zwar verscheuchte es nicht die Reste der Schmerzen, aber es ging ihr besser.

»Kannst du mich hören?«

Azucena trank erst das Glas leer, bevor sie nickte.

»Das ist gut.« Ziegler lachte leise vor sich hin. »Was du erlebt hast, war erst ein Anfang. Gewissermaßen die Ouvertüre zum großen Operndrama. Wir können auch anders. Nun ja, ich bin jetzt sicher, dass du das Amulett nicht bei dir hast.«

»Das sagte ich Ihnen schon vorher.«

»Ich weiß. Nur gehen wir gern auf Nummer Sicher, besonders ich.«

Die Frau versuchte, ihren Blick auf Ziegler zu fokussieren. Es gelang ihr nur mühsam, und zu lange schaffte sie es auch nicht, ihm ins Gesicht zu schauen.

»Wir fliegen die Schweiz und damit St. Moritz an.«

»Ich kann Sie nicht daran hindern.«

»Das stimmt. Aber die Schweiz wird für dich kein besonders schöner Ort sein. Wir wollen das Amulett.«

»Das habe ich nicht.«

»Aber du weißt, wo es ist!«

»Nein ...«

»Wer hat es? Don Harris?«

Sie zuckte leicht zusammen. »Nein, ihm habe ich es doch abgenommen, verdammt noch mal!«

Ziegler wiegte den Kopf. »Wer kann schon wissen, wie deine Pläne aussehen? Es ist durchaus möglich, dass ihr euch zusammengetan habt. Aber das werde ich herausfinden. Ich lasse mich nicht hintergehen, das solltest du dir merken, und ich will das Amulett haben. Ich bin gespannt, was Harris sagen wird, wenn wir ihm deinen rechten Zeigefinger schicken. Na, was meinst du?«

Azucena blieb cool. Drohungen und Einschüchterungen gehörten zum Geschäft, das wusste sie. »Ich kenne ihn nicht so gut.«

»Hat er denn das Amulett?«

»Keine Ahnung.«

Ziegler lächelte eisig. »Irgendjemand hat es ja wohl. Und ich werde herausfinden, wer der- oder diejenige ist. Sollte Harris es in seinem Besitz haben, bin ich gespannt, wie er reagieren wird, wenn er hört, wie schlecht es dir geht.«

»Er wird nichts tun.«

»Du gestattest, dass ich dagegenhalte?«

»Das ist Ihre Sache.«

Ziegler schaute sie noch eine Weile an. Danach erhob er sich und strich seinen Anzug glatt. Er fuhr auch durch Azucenas rabenschwarzes Haar, als er sagte: »Bevor du stirbst, werden wir noch unseren Spaß miteinander haben, das verspreche ich dir.«

Was er genau damit meinte, behielt er für sich. Er ging in Richtung Cockpit davon.

Azucena blieb zurück. In ihr tobten die Gefühle. Die Nachwirkung der Schläge hatte sie überstanden, aber sie wusste, dass sie einen Fehler begangen hatte. Sie war zu unvorsichtig gewesen, denn sie hatte die andere Seite unterschätzt.

Von nun an kam es auf Don Harris an!

2

Don Harris sah sich wieder in Spanien, in einer Finca. Er dachte an die beiden Frauen: die geheimnisvolle Elektra, die auf seiner Seite stand, und Azucena, eine ebenfalls mehr als rätselhafte Frau, die sich allerdings als mörderisch brutale Feindin gezeigt hatte. Beide Personen waren momentan nicht mehr greifbar, und Don fühlte sich hintergangen.

In Spanien hatte er über sich selbst mehr erfahren. Er zählte zu den Wächtern, das hatte ihm das Amulett klargemacht. Es hatte ihm die Augen geöffnet, und er hatte im Keller der Finca bei den Sarkophagen noch eine geheimnisvolle Stimme mit einer bestimmten Botschaft gehört.

Er sollte das Erbe annehmen. Er war ein Wächter. Er war einer der wenigen Menschen, die zu dieser Gruppe gehörten und darauf Acht geben sollten, dass die Welt nicht aus den Fugen gerissen wurde.

Das war nicht zu begreifen, ebenso wenig wie Don Harris sein drittes Auge begriff, das ihm erlaubte zu *sehen* und gewisse Dinge zu erkennen.

Das rätselhafte Amulett war für ihn bestimmt gewesen. Elektra, die geheimnisvolle Schöne, hatte es ihm gegeben, weil es ihm als Wächter zustand als Waffe gegen das Böse.

Dann aber waren Azucena und ihr Killerkommando auf dem Plan erschienen. Jedenfalls hatte sich die Anführerin des Kommandos Elektra gegenüber so genannt – Azucena –, falls Elektra den Namen richtig verstanden und behalten hatte. Sie war mit den kampferprobten Männern in die Finca eingedrungen, die Gruppe hatte Elektra als Geisel genommen und Don Harris gezwungen, das Amulett wieder abzugeben. Danach waren Azucena und ihre Männer verschwunden.

Zum Glück hatten die Eindringlinge keine Toten hinterlassen. Pablo, der Diener und Mädchen für alles, und Rosita, die Köchin, hatten sich schnell wieder erholt. Sie würden weiterhin die Stellung auf der Finca halten, die Elektra gehörte.

Don hatte die Frau noch so viel fragen wollen, aber sie hatte ihm einen Streich gespielt und war sang- und klanglos verschwunden. Zurückgeblieben waren Pablo und Rosita.

Don ärgerte sich über sie, aber er musste wohl oder übel akzeptieren, dass Elektra eigenen Plänen nachging. Dabei war er nur froh, dass sie auf seiner Seite stand, denn seine Gegenspieler waren die Höllensöhne, und gegen diese gnadenlosen Bastarde konnte er Elektras Hilfe gut gebrauchen.

Für diese mächtige, im Hintergrund agierende Gruppe schien dieses Amulett ungemein wichtig.

Dass sie es erhalten hatten, dafür hatte sicherlich Azucena gesorgt, denn offenbar zählte auch sie zu den Höllensöhnen.

Don Harris musste schmunzeln, als ihm der Gedanke kam, dass es bei den Höllensöhnen offenbar auch Höllentöchter gab. Oder war Azucena nicht eher eine Art Söldnerin? Hatte sie sich nicht so bezeichnet? Ihr Auftreten war jedenfalls das einer Söldnerin und Profikillerin gewesen – nur mit dem Unterschied, dass sie letztlich niemanden getötet hatte.

Wenn er das Amulett finden wollte, musste er Azucena finden. Möglicherweise hatte sich Elektra auf ihre Spur gesetzt, doch sicher konnte er sich nicht sein, und so ärgerte er sich weiterhin über sein eigenes Versagen. Er regte sich auch darüber auf, dass Elektra nicht mehr greifbar war. Darüber hatte er mit Pablo gesprochen. Der hatte ihn nur angelächelt und gesagt: »Man muss gewisse Dinge reifen lassen.«

»Ja, aber ich bin kein Korn.«

»Du kannst es aber ernten, Freund.«

Sie waren beide zum Du übergegangen. Don war sich sicher, dass Pablo mehr wusste, nur behielt er sein Wissen für sich und gab ihm nur den Rat, nicht mehr länger in der Finca zu verweilen.

»Willst du, dass ich Elektra ab jetzt fernbleibe?«

»Das hat damit nichts zu tun. Ihr werdet euch bestimmt wiedersehen, aber den Zeitpunkt bestimmt sie. Hier wirst du die Lösung deiner Probleme nicht finden.«

»Das heißt, es wäre besser für mich, die Finca zu verlassen.«

»So denke ich.«

»Und Elektra?«

»Das Schicksal wird euch wieder zusammenbringen, daran glaube ich fest. Aber noch ist es nicht so weit.«

»Leider.«

Don war frustriert. Pablo hatte ihn nach Barcelona zum Flughafen gebracht. Dort war Don in die Maschine nach London gestiegen. Sie rollte schon auf die Startbahn zu, als Don auf einmal das Gefühl hatte, eine Botschaft zu erhalten – eine Botschaft, die nicht unmittelbar mit ihm zusammenhing. Es war nur ein Gefühl, das mit dem Flughafen zusammenhing, mehr nicht. Er dachte auch nicht an einen Terroranschlag, aber etwas störte ihn auf einmal, und Don war mittlerweile zu einem Menschen geworden, der sehr auf seine Gefühle achtete.

In der nächsten Zeit konnte er nichts tun. In der Maschine waren ihm die Hände gebunden.

Mit nur wenigen Minuten Verspätung landete die Maschine in London. Für einen Moment huschte ein Lächeln über Dons Lippen: Die Heimat hatte ihn wieder.

Zugleich drehten sich seine Gedanken wieder um die Höllensöhne. Sie waren die Macht im Hintergrund, die Don zu bekämpfen hatte. Allein würde er das nie schaffen, und so war er froh, eine Organisation hinter sich zu wissen wie die ESI, die European Special Intelligence. Ein Geheimdienst, der offiziell nicht mal existierte, dessen Augen aber überall waren. Die ESI kümmerte sich nur um Verbrechen im großen Stil, wobei sie wenig Rücksicht auf irgendwelche Regierungen und deren Lobbyisten nahm.

Don gehörte als Agent dazu. Man hatte ihn ausgebildet und ihn durch eine verdammt harte Schule geschickt. Sein Ausbilder war Mac Sterling gewesen, ein Freund, so jedenfalls hatte Don Harris gedacht. Bis sich herausstellte, dass Sterling ein Verräter und Mitglied der Höllensöhne gewesen war.

Don war es letztendlich gelungen, den Verräter mit Elektras Hilfe auf dem Glastonbury Tor auf spektakuläre Art und Weise auszuschalten.

Er hoffte nur, dass in der ESI nicht noch mehr Verräter steckten.

Überhaupt wunderte er sich, dass ihm so freie Hand gegeben worden war. Es war eigentlich zu viel geschehen, und sein Einsatzleiter, Jack O'Donnell, hätte eigentlich eingreifen müssen, weil die Geschehnisse mehr an eine private Sache erinnerten.

Aber man hatte ihm freien Handlungsspielraum gegeben und ihm auch die Spanienreise genehmigt, sodass sich Don die Frage stellte, ob nicht auch andere in Kreisen der ESI Bescheid wussten und ihn zunächst mal an der langen Leine laufen ließen.

Das Laufen ersparte er sich nach der Landung. Mit einem Taxi ließ er sich zum ESI-Hauptquartier in

London fahren. Es lag in einer alten Villa, umgeben von einem parkähnlichen Gelände. Sie hätte einem Adeligen gehören können, was allerdings nicht stimmte.

Und wer die geheimen Zugänge kannte, der gelangte sehr schnell in die unteren, mit Technik vollgestopften Bereiche, in denen die Fäden gezogen wurden.

Don freute sich, die Weide zu sehen, wenn er aus dem Bürofenster schaute. Sie und die kleine Bank hatten etwas Beruhigendes, und Don musste den Wunsch unterdrücken, in den Park zu gehen und sich ein wenig auf die Bank zu setzen.

Er wusste, was sich gehörte, und rief bei seinem Chef O'Donnell an.

Der war nicht im Haus. Also konnte sich Don den Weg zu O'Donnell sparen.

Er musste allein weiterrecherchieren und stellte fest, dass das ungute Gefühl, das ihn bereits in Spanien überfallen hatte, nicht gewichen war.

Und weil dies so war, ging er davon aus, dass gewisse Dinge nicht in Ordnung waren.

Ihm kam die Idee, noch einmal in Spanien anzurufen. In der ESI-Zentrale war alles abhörsicher, und so konnte er mit Pablo offen sprechen.

»Alles bei euch in Ordnung?«

»Sí, Don, wir haben keine Probleme gehabt. Aber du bist in London, nehme ich an.«

»Ja, das bin ich.«

»War der Flug okay?«

»War er.« Don wollte nicht über irgendwelche allgemeinen Dinge sprechen. Er war jemand, der gern zur Sache kam, und das tat er auch in diesem Fall. »Hast du etwas von Elektra gehört?«

»Hab ich!«

Etwas kroch kalt über Dons Rücken. Mit dieser Antwort hatte er nicht gerechnet. »Sie ist da?«

»Nein, Don, sie ist nicht da!«

»Aber du hast doch ...«

»Telefoniert, das ist alles gewesen.«

»Und weiter?«

»Elektra war der Meinung, dass du dir keine Sorgen zu machen brauchst, was sie angeht. Sie würde sich zu gegebener Zeit wieder melden. Mehr kann ich dir nicht sagen.«

Don konnte sich sein Lachen nicht verkneifen, aber er wusste auch, dass Pablo keine Vorhaltungen zu machen waren. Er tat nur seine Pflicht und hatte die Botschaft weitergegeben.

Der Spanier seufzte, bevor er weitersprach. »Ich würde dir gern helfen, Don, aber ich kann es nicht. Elektra weiht auch uns nicht in alles ein.«

»Ja, ich weiß. Sie geht ihren eigenen Weg. Aber da gibt es noch diese Azucena. Hat sie darüber vielleicht mit dir das ein oder andere Wort gesprochen?«

»Wir schnitten das Thema kurz an.«

Harris verdrehte die Augen. Die Antwort gefiel ihm nicht. Er atmete scharf aus und fragte mit möglichst emotionsloser Stimme: »Worüber habt ihr denn genau gesprochen?«

»Ich möchte mal so sagen, Don: Es geht um eine kleine Botschaft, die ich an dich weiterleiten soll.«

»Wunderbar. Und wie heißt sie?«

»Man soll im Leben nicht alles nur einseitig sehen. Das hat sie gesagt. Es ist die Botschaft für dich.«

»Und weiter?«

»Nichts. Du musst darüber nachdenken. Ich habe nur meine Pflicht getan. Bis bald, Don.«

»Genau, bis bald«, murmelte Harris und unterbrach gedankenverloren die Verbindung. Mit seinem Stuhl rollte er ein Stück zurück, um die Beine langzumachen.

Eine Botschaft für ihn. Etwas verklausuliert, und so war Don gezwungen, darüber nachzudenken. Natürlich durfte man das Leben nicht nur einseitig sehen. Es gab immer zwei Seiten, aber er wusste nicht, wem diese beiden Seiten gewidmet waren. Jedenfalls betrafen sie ihn persönlich.

Er dachte wieder an Spanien. Dort war ihm das Amulett geraubt worden, und das von einer Frau, die Azucena hieß ...

Nicht nur einseitig sehen!

Er grübelte über diesen Satz nach, schaute dabei aus dem Fenster, und sein Blick traf die Weide, die ihr sommerliches Blätterkleid angelegt hatte.

Auch sein drittes Auge half ihm in diesem Fall nicht weiter. Es war nicht mal zu spüren. Kein leichter Druck hinter der Stirn, einfach gar nichts. Diesmal musste er sich auf seine normalen Fähigkeiten beschränken und die Lösung durch Nachdenken finden.

Urplötzlich ging ihm ein Licht auf. Auf einmal glaubte er zu wissen, was Elektra gemeint hatte.

Es ging um Azucena!

Eine Feindin. So hatte es den Anschein. Und das wäre auch normal gewesen. Aber man musste sie auch mit anderen Augen sehen. Er fragte sich nur, mit welchen.

Lag er denn falsch, so wie er diese Person eingeschätzt hatte? In der letzten Zeit war ihm so viel anderes und Unwägbares begegnet, dass er ins Grübeln geriet. Es gab keine exakten Feindbilder mehr. Das Negative konnte in einem anderen Licht durchaus positiv wirken. Sollte das auch bei Azucena der Fall sein, standen ihm durchaus noch Überraschungen bevor.

Er hatte Azucena ja nur kurz erlebt, aber da war sie ihm brutal und gnadenlos erschienen. Andererseits hatte sie ihn und Elektra am Leben gelassen. Sie hatte einfach nur ihre Ziele verfolgt, doch das mit äußerster Rücksichtslosigkeit. Oder schätzte er sie völlig falsch ein?

Ihm kam erneut der merkwürdige Gedanke, dass sich die beiden Frauen – Azucena und Elektra – aus früheren Zeiten her kannten. Doch Elektra hatte ihm versichert, dass Azucena eine völlig Fremde für sie gewesen wäre. Und das schien auch der Wahrheit zu entsprechen. Zunächst jedenfalls. Dann hatte Elektra auf einmal verdächtig geschwiegen, sobald die Sprache auf Azucena gekommen war. Als wäre doch noch eine Erinnerung in ihr erwacht. Oder eine Ahnung …

Das Rätsel war nicht kleiner, sondern größer geworden.

Er beschäftigte sich gedanklich wieder mit dem Amulett. Wo konnte es sich befinden? Er glaubte nicht, dass Azucena es behalten hatte. Sie war zwar die Anführerin eines Killerkommandos gewesen – wobei auch diese Bezeichnung nicht stimmte, denn gekillt hatten die Typen niemanden –, aber sie war nicht die Chefin im Hintergrund. Dort zogen andere die Fäden, wobei er natürlich wieder an die Höllensöhne dachte.

Wenn sie das Amulett besaßen, was konnten sie damit anfangen? Waren sie vielleicht auch Erben oder Wächter? Don konnte sich das beim besten Willen nicht vorstellen. Die Höllensöhne wollten herrschen. Sie warteten auf die Zeit, in den Vordergrund treten zu können, sich im Tageslicht zu zeigen. Zuvor aber mussten wohl zahlreiche Hindernisse aus dem Weg geräumt werden – wie eben das Amulett.

Und trotzdem war nicht alles aus einem einseitigen Blickwinkel zu betrachten. Daran dachte Don, und das würde er auch nicht vergessen.

Er rollte wieder an seinen Schreibtisch heran. Den Computer hatte er nicht hochgefahren. Er starrte auf den leeren Bildschirm und überlegte, ob er im Internet Informationen über Azucena finden würde.

Es war zwar nur eine vage Hoffnung, aber Don wollte nichts unversucht lassen. Er fuhr den Rechner hoch, gab den Namen der Frau in die Suchmaschine ein und wartete auf eine Antwort.

Er bekam einige. Unter anderem war Azucena der Name eines Opernlibrettos bei Giuseppe Verdi. In seinem Werk »Der Troubadour« hieß eine Zigeunerin Azucena. Es gab noch einige andere Links, doch er fand jene Azucena, auf die er es abgesehen hatte, nicht.

Völlig klar – über ihn selbst war ja auch nichts im Netz zu finden. Und ebenso wenig über Elektra.

Es hatte keinen Sinn, und im Augenblick hatte er auch nicht den Nerv weiterzumachen.

Er schaltete den elektronischen Helfer aus, und da sich sein Einsatzleiter Jack O'Donnell nicht im Haus befand, sah Don keinen Grund, länger in seinem Büro zu bleiben.

Er wollte Feierabend machen und nach Hause fahren, wobei er unter drei Orten wählen konnte.

Zum einen gab es da die kleine Stadtwohnung, dann noch sein ererbtes Cottage im Grünen und das Haus in Glastonbury, das er von seinem verstorbenen Vater geerbt hatte.

Das kam für ihn nicht infrage. Es lag einfach zu weit entfernt.

Don entschied, in seine kleine Wohnung zu fahren. Er überlegte auch, seinen alten Freund Terry Sheridan anzurufen. Beide kannten sich aus Jugendtagen, und Terry war in die kleinen Geheimnisse des Psycho-Cops eingeweiht.

Hin und wieder arbeiteten sie auch bei einem Fall zusammen, aber dieser war nichts für den Mann von der Metropolitan Police. Don nahm sich vor, auf der Fahrt darüber nachzudenken, ob er Terry treffen würde oder nicht.

Ihm stand der Sinn nach einer Dusche, einem Drink und Alleinsein, um sich mit den eigenen Gedanken beschäftigen zu können. Er hielt schon den Türgriff in der Hand, dann aber kehrte er noch mal an seinen Schreibtisch zurück.

Ihm war etwas eingefallen.

Auf dem Flughafen in Barcelona hatte er sich unwohl gefühlt. Das musste nicht unbedingt etwas mit ihm zu tun gehabt haben. Er wurde nur den Gedanken nicht los, dass etwas passiert war, das ihn zumindest indirekt was anging.

Er holte sich das Bild in der Halle noch mal in Gedanken zurück. Ihm waren die zahlreichen Sicherheitsleute aufgefallen, und er fragte sich, ob sie immer in einer derartigen Stärke auftraten.

Eigentlich ja nicht. Es sei denn, sie hatten eine Warnung erhalten. Don musste einfach die Wahrheit herausfinden und darauf hoffen, dass ihn sein Gefühl nicht getrogen hatte.

Auch das folgende Telefonat führte er mit Spanien. Er rief beim Flughafen an und ließ sich mit dem Sicherheitschef verbinden, was auch schnell klappte, nachdem er gesagt hatte, dass der Anruf aus London kam.

Der Mann hieß Ortega, und Don stellte sich als Mitarbeiter von Scotland Yard vor. Señor Ortega kaufte ihm das ohne weiteres ab und wollte wissen, was er für Don tun konnte.

»Nur eine kleine Auskunft.«

Ortega war schneller. »Hängt es mit der Sabotage zusammen, die an der Maschine von British Airways verübt wurde?«

Etwas schrillte in Dons Kopf. Augenblicklich ging er auf die Frage ein. »Damit hängt es in der Tat zusammen.«

»Sie können froh sein, es ist nichts passiert. Es wurde keine Bombe gefunden, wie wir vermutet hatten.«

»Und was war es genau?«

»Die Maschine konnte nicht starten. Der Flug musste gecancelt werden. Es war etwas mit der Elektronik, aber das haben unsere Leute wieder in den Griff bekommen. Die Maschine ist dann später gestartet.«

Wahrscheinlich war es die, in der ich gesessen habe, dachte Don. Er sprach es nur nicht aus.

»Sonst hat sich nichts getan?«

»Nein. Abgesehen von einem Lear-Jet, der kurz nach dem Alarm noch startete. Das konnte er auch, weil keine unmittelbare Gefahr bestand.«

»Was war das Ziel des Jets?«

»London.«

»Danke, Señor Ortega.«

»Moment, Mr Harris, ist er denn nicht bei Ihnen ...«

Don hörte nicht mehr zu. Er hatte aufgelegt und saß

sehr reglos vor seinem Schreibtisch. In seinem Kopf aber fuhren die Gedanken Karussell, und ihm kamen gewisse Dinge in den Sinn, die ihn betrafen. Dieses seltsame Gefühl, das ihn überfallen hatte, obwohl äußerlich alles in Ordnung gewesen war, hatte ihn letztendlich nicht getrogen, und ihm kam wieder Azucena in den Sinn.

Hatte dieser Vorgang mit ihr zu tun? Hatte sie nach London fliegen wollen, und zwar ganz normal, was aber nicht geklappt hatte, und war dann in diesen Lear-Jet gestiegen?

Es war alles möglich in diesem immer komplizierter werdenden Fall. Und wieder musste er an Pablos Worte denken, dass man das Leben nicht nur einseitig sehen sollte.

Aber Don wusste nicht, weshalb das alles passiert war. Er ging nur davon aus, dass er besser daran tat, sich um die Folgen zu kümmern. Es war etwas in Bewegung geraten, er musste jedoch noch herausfinden, was es war.

Es kam ihm vor, als hätte man ihm einen Energiestoß versetzt. Es war nicht mal der Anfang einer Spur, aber bedeuteten Pablos beziehungsweise Elektras Worte nicht, dass er Azucena in einem anderen Licht sehen musste?

Dabei wäre es doch so einfach für sie gewesen. Sie hatte das Amulett, und sie hätte es nur abgeben müssen. Die Welt wäre für die Organisation der Höllensöhne wieder in Ordnung gewesen.

Genau das schien nicht so zu sein, wenn Don seinem Feeling trauen durfte. Den Grund dafür wollte er herausfinden …

3

Sie hatten gewartet, bis Azucena wieder zu sich gekommen und einigermaßen klar im Kopf war. Dann waren die Männer über sie hergefallen.

Sie hatten ihr die Kleider vom Leib gerissen, und Azucena war nicht in der Lage gewesen, sich zu wehren. Die Übermacht war einfach zu groß gewesen.

Sie befürchtete, dass die Männer sie vergewaltigen wollten, doch das taten sie nicht. Die Unterwäsche aus malvenfarbenen Dessous ließ man ihr.

Sie hörte die Stimme des Schweizers, und allmählich fing sie an, sich zu erinnern. Sie war in eine Falle gelockt worden, und ihr inneres Warnsystem hatte versagt. Die andere Seite war zu gut gewesen.

Den Schlag in den Nacken hatte sie zwar verdaut, aber wirklich fit war sie noch immer nicht. Sie spürte ein Stechen in ihrem Kopf und zudem eine leichte Übelkeit, aber es ging ihr nicht so schlecht, dass sie ans Aufgeben dachte. Sie war zäh, sie hatte schon ganz andere Dinge überstanden und würde sich auch so weit erholen, ihren Feinden die Stirn zu bieten.

Der Lear-Jet war kein Flieger der Luxusklasse, aber die Sitze boten dennoch genügend Beinfreiheit. Zudem war der, auf dem Azucena saß, nach hinten gekippt worden. So lag sie da wie bei ihrem Friseur. Den Kopf hielt sie dabei leicht nach links gedreht, sodass sie in den Gang schauen konnte.

Mit der Sehschärfe hatte sie ihre Probleme. Zwar unterschied sie die einzelnen Männer, aber ihre Umrisse sahen aus, als wären sie leicht zusammengeschmolzen. Daher schloss sie die Augen wieder und wollte sich zunächst mal erholen.

Azucena öffnete die Augen erneut, als jemand ihre Hände berührte. Ein Mann war gekommen und drückte ihr ein Glas Wasser zwischen die Finger.

»Trink es leer, das wird dir guttun.«

Azucena trank das Wasser. Der Mann wartete, bis der letzte Tropfen in Azucenas Kehle geflossen war, und nahm ihr das Glas dann aus der Hand. Er ging weg, und sie hörte, dass er mit dem Mann sprach, den sie von dieser Truppe inzwischen am besten kannte. Es war der Typ mit den weißen Haaren und dem sonnenbraunen Gesicht, dieses untersetzte Kraftpaket namens Jean Ziegler.

Er stand plötzlich vor ihr und schaute auf sie herab. Sein Lächeln war nicht zu deuten, und Azucena rechnete mit allem, sogar wieder mit einer Vergewaltigung, aber daran zeigte Ziegler kein Interesse. Für ihn waren andere Dinge wichtiger.

Er wollte das Amulett, doch sie hatte es nicht. Das hatte man ihr nicht geglaubt und sie aus diesem Grund auch bis auf die Unterwäsche entkleidet. Nun waren die Typen an ihre Grenzen gestoßen. Sie konnten nicht wissen, dass das Amulett bereits wohlverpackt auf dem Weg nach London war. Wären sie einige Minuten früher am Flughafen eingetroffen, hätten sie Azucena dabei beobachten können, wie sie das Päckchen aufgegeben hatte. Da aber waren sie zu spät gewesen.

Ziegler schaute sie an. Auch seine Augenbrauen waren weiß. Sie sahen aus wie Schneeflocken, die nicht schmelzen wollten. Der breite Mund bildete fast einen Strich, dann aber öffnete er ihn, um sie anzusprechen.

»Wie geht es dir?«

»Ich lebe.«

»Das ist gut. Denn du solltest uns noch etwas mitteilen.«

»Ich weiß nichts.«

Ziegler nickte. »Dann hat sich das Amulett in Luft aufgelöst?«

»Vielleicht.«

Er schaute sie ausdruckslos an. »Für eine solche oder ähnliche Antwort habe ich schon Menschen gefoltert«, erklärte er. »Dabei hat es keine Rolle gespielt, ob sie weiblich oder männlich waren. Das würde mir auch bei dir nichts ausmachen, denn nur das Ziel ist für mich wichtig.«

»Verstehe. Und warum unternehmen Sie nichts in dieser Richtung?«

Ziegler hob die Schultern. »Wenn du das Amulett

nicht hast – und alles deutet darauf hin –, dann muss es irgendwo anders sein. Ich weiß, dass auch Harris Interesse daran hat. Sehr großes sogar. Er will es in seinen Besitz bringen, und wir wollen es auch. Du stehst genau dazwischen und bist dadurch zu unserer Feindin geworden, wie auch Harris nicht eben unser Freund ist.« Ziegler beugte sich der Frau entgegen. »Aber er will das Amulett haben. Um jeden Preis. Das traue ich ihm zu. Das muss auch so sein. Das ist logisch. Und er wird einiges dafür tun, um es in seinen Besitz zu bringen.«

»Na und?«

Jean Ziegler schaute die Frau mit einem schon verhangenen Blick an. »Er wird kommen. Er wird uns einen Besuch abstatten, wobei es ihm sekundär auch um dich geht, denn er muss nach wie vor davon ausgehen, dass du das Amulett hast. Und wenn er kommt, haben wir zwei Fliegen mit einer Klappe geschlagen.«

Azucena sagte nichts. Sie schaute in das Gesicht des Schweizers, in dem sich nichts regte. Er holte nur durch die Nase Luft, die Augen schienen aus Eis zu bestehen. Er wirkte mehr wie eine Figur und nicht wie ein Mensch.

»Alles verstanden?«, fragte er.

Azucena hob die Schultern. »Es tut mir leid, aber ich habe Ihnen alles erklärt, was ich weiß. Ich kann das verdammte Amulett nicht herzaubern, das geht nicht.«

»Das weiß ich.«

»Dann ist ja alles klar.«

»Nein, nichts ist klar. Es muss irgendwo sein. Und eines kann ich dir sagen: Ich habe bisher alles bekommen, was ich wollte, und das wird auch in der Zukunft so sein.«

»Ich kann Ihnen nicht helfen.«

Ziegler ließ seine Blicke über den aufregenden Körper der Frau wandern. Dabei lächelte er schmierig. Mit dem ausgestreckten Finger seiner rechten Hand strich er über ihre Brüste hinweg.

»Du bist stolz darauf, nicht wahr?«, flüsterte er.

»Hören Sie auf.«

»Ich könnte dafür sorgen, dass du es nicht mehr bist.« Er griff in die Tasche und holte einen metallischen Gegenstand hervor, der eckig war und recht schmal.

Es gab an der Rückseite einen kleinen Kontakt, den er drückte. Ein schnackendes Geräusch, und eine lange scharfe Nadel fuhr aus der Öffnung.

»Ich liebe dieses Instrument wie ein Arzt sein Skalpell. Es ist perfekt dazu geeignet, Schmerzen zu bereiten. Ich kann deinen Körper damit zeichnen, ich kann dir Wunden beibringen, die nie wieder verheilen.« Seine Augen schimmerten noch eisiger bei dieser Vorstellung. »Ich kann dich schreien lassen und dir dabei einen Telefonhörer vors Gesicht halten, damit Harris es hört und genau das tut, was ich von ihm verlange. Hast du das kapiert?«

»Sicher, ich bin nicht dämlich.«

»Sehr gut hast du das gesagt. Da du nicht dämlich bist, wirst du dich entsprechend verhalten. Es wird nicht mehr lange dauern, dann landen wir in Samedan. Es ist ein kleiner Flugplatz in den Schweizer Bergen, nicht weit von St. Moritz gelegen. Ich liebe meine Heimat, die Schweiz ist das Land der Bergriesen, und die bieten die perfekten Verstecke. Wer dich nicht finden soll, der wird dich auch nicht finden.«

»Auch Harris nicht?«

»Er ist die Ausnahme«, erklärte Ziegler lächelnd. Er beugte sich noch weiter nach vorn, damit er mit der Spitze des Folterinstruments über ihre Haut streichen konnte. Das kalte Metall verharrte unter ihrer rechten Brust. »Denk daran, was ich dir gesagt habe. Ich kann dir Schmerzen bereiten, wie du sie dir nicht in den schlimmsten Albträumen vorstellen kannst.«

Azucena schloss die Augen. Sie konnte sich einfach nicht mehr auf das Gesicht konzentrieren. Sie wollte es nicht sehen, aber sie spürte die Spitze der Waffe. Urplötzlich verschwand der Druck, sodass Azucena die Augen wieder öffnete und Ziegler erneut anstarrte.

Er hatte sich von seinem Platz erhoben und nickte ihr zu. »Wir befinden uns bereits im Sinkflug. Du wirst dich umziehen.« Er drehte sich zur Seite und gab einem der Männer den Befehl, die Kleidung zu bringen.

Ziegler hatte auch nichts dagegen, dass sich die

Frau aufrichtete, während der Mann die Kleidung auseinanderfaltete. Es war keine normale Kleidung. Man konnte das Stück Stoff als Gewand bezeichnen, doch in Wirklichkeit war es eine Burka, wie extrem gläubige muslimische Frauen sie trugen.

»Das ist dein neues Outfit«, erklärte Ziegler. »Keiner wird dich darunter erkennen. Und auch alles andere ist bereits geregelt.«

»Was heißt das?«

»Du wirst es sehen. Und jetzt zieh das Ding an!«

Azucena war Realistin. Sie wusste, dass es keinen Sinn hatte, wenn sie sich stur stellte. Die Männer waren in der Überzahl und sicherlich auch bewaffnet. Immerhin hatten sie die Piloten und die Stewardess erschossen.

Während sie das Kleidungsstück überstreifte, dachte sie darüber nach, dass sie in der Schweiz landen würden. In einem neutralen Land, das Ziegler sehr gut kannte. Einer wie er hatte bestimmt beste Beziehungen, und genau die würde er einsetzen.

Sie schluckte, und sie konnte sich nicht daran erinnern, sich schon mal so hilflos gefühlt zu haben. In den letzten zwei Tagen hatte sich ihr Leben auf den Kopf gestellt, aber was sie getan hatte, das hatte sie tun müssen.

Es gab keine andere Möglichkeit, denn keiner der Männer kannte die wahren Hintergründe. Dieses Amulett durfte nur an einen Würdigen weitergegeben werden, und dieser Prinz, dem sie es hatte bringen sollen, war nicht würdig gewesen, sonst hätte ihn das Amulett nicht getötet.

Die Burka war so geschnitten, dass sie die Umrisse des Körpers nicht mal erahnen ließ. Das Gesicht wurde ebenfalls völlig bedeckt; Azucena konnte nur durch einen schmalen Sehschlitz schauen, der zudem noch von einem Netzgeflecht ausgefüllt wurde, sodass nicht einmal ihre Augen zu sehen waren.

Es war ein schon benutzter Stoff. Sie merkte es am Geruch und schluckte erneut, um den Ekel zu unterdrücken. Sie musste sich fügen.

Sie setzte sich wieder normal hin und schnallte sich an. Sie spürte den Sinkflug bereits. Das Gewand aus dem schweren Stoff behinderte sie sehr, und sie kam sich darin wie eine Gefangene vor, abgeschnitten von der wahren Welt. Das ließ den Zorn in ihr hochsteigen, der sich allmählich in Hass verwandelte.

Auf der anderen Seite musste sie sich selbst einen Vorwurf machen. Sie gab zu, einfach zu hoch gepokert zu haben, und das mit Karten in den Händen, die nicht optimal waren.

Rechts neben ihr befand sich das Fenster, und sie schaute auf die herrliche und monumentale Engadiner Bergwelt, für die der Kanton Graubünden so berühmt war.

Die Eisriesen, die Gletscher, die die Sommersonne glitzern ließ, ließen den Anblick fast kitschig wirken, was noch vom Grün der Täler und dem Grau der Berge hervorgehoben wurde.

Eine Umgebung für einen perfekten Urlaub, aber keine, um dort gefangen zu sein.

Unter ihr huschte ein kleiner Ort hinweg, vielleicht St. Moritz.

Eine scharfe Stimme riss Azucena aus ihren Gedanken.

»Du bleibst still und gibst keinen Ton von dir, wenn wir die Maschine verlassen. Ist das klar?«

»Ja, ich habe verstanden.«

»Tu nur das, was wir dir sagen.«

Sie schwieg.

Die Maschine verlor weiter an Höhe. Azucena schaute auch nicht mehr aus dem Fenster. Sie konzentrierte sich auf die Landung und auf das, was folgen würde.

Sie war der Trumpf in den Händen der Höllensöhne, und das würde eine Weile so bleiben …

Die Landung war butterweich.

Kaum war die Maschine ausgerollt, da kam jemand auf Azucena zu. Es war nicht Jean Ziegler, das war trotz der schlechten Sicht durch den Schleier zu erkennen, sondern einer seiner Vasallen, und er drückte der Frau etwas Hartes gegen die Stirn.

Azucena war erfahren genug, um zu wissen, dass es sich dabei um die Mündung einer Waffe handelte.

»Hör genau zu. Ich wiederhole mich nicht. Du wirst die Maschine verlassen, sobald ich dich hole. Bis es so weit ist, rührst du dich nicht. Du darfst atmen, das ist alles.«

Sie konnte nicht an sich halten und fragte: »Habt ihr so große Angst vor mir?«

Der Schlag mit der Waffe traf sie völlig unvorbereitet. Dicht unter dem Haaransatz zuckte der Schmerz auf. Dann hörte sie erneut die Stimme des Mannes.

»Nur atmen, nicht reden!«

Azucena presste die Lippen zusammen. In ihrem Innern tobt der wilde Fluss aus Wut und Hass. Aber sie konnte nichts unternehmen, sie war gefangen, auch wenn sie sich nicht mehr in der Luft befanden, sondern wieder auf festem Boden. Noch war das Flugzeug geschlossen. Irgendwo in der Nähe der Kanzel hörte sie Zieglers Stimme. Er sprach mit jemand außerhalb der Maschine, vielleicht über ein Handy, und wollte wissen, ob der Wagen bereits da war.

Der Schmerz ebbte allmählich ab. Azucena entspannte sich. Es war die beste Art, mit dem eigenen Schicksal fertig zu werden. Wenn sie sich zu sehr aufregte, brachte ihr das nichts ein. Es machte sie nur verwundbar, und genau das wollte sie nicht sein.

Sie hörte erneut Schritte auf sich zukommen. Durch das Geflecht aus Rosshaar vor ihren Augen sah sie die Gestalt. Eine Hand legte sich auf ihre linke Schulter.

»Du kannst jetzt aufstehen«, sagte der Mann, der sie geschlagen hatte.

Azucena drückte sich hoch. Was sie erlebte, empfand sie als erniedrigend. Zwar wusste sie nicht, was vor ihr lag, aber die Erniedrigung würde weitergehen, davon war sie überzeugt, und bei diesem Gedanken stieg ihr erneut das Blut in den Kopf.

Alles war von der Gegenseite geschickt eingefädelt. In St. Moritz und Umgebung fand man zahlreiche Araberinnen. Da fiel es nicht auf, wenn jemand in einer Burka tief verschleiert aus einem Flieger stieg.

Der Bewacher blieb hinter ihr, als sie den Gang durchschritt. Mit den Ellenbogen streifte sie dabei die seitlichen Ränder der Sitze. Wenig später spürte sie die normale Luft, die durch den offenen Ausstieg in die Maschine hineinwehte und gegen den schweren Stoff ihres Gewandes drückte.

Sie fand den richtigen Tritt und wurde die kurze Gangway hinabgeführt. Vor der Gangway blieb sie stehen. Helles Licht, ein weiter Platz. Sie sah Maschinen, die ihr wie riesige Insekten vorkamen. Das verdammte Gittergeflecht aus Rosshaar verzerrte alles.

Stimmen hörte sie auch. Neben ihr standen zwei Bewacher, die nicht sprachen, während sich Jean Ziegler mit einem Offiziellen unterhielt und dem Mann dazu gratulierte, dass alles so perfekt geklappt hatte.

»Ja, darum hat man Freunde, lieber Jean.«

»Du sagst es. Und ich werde an dich denken, wenn du wieder in Zürich bist.«

»Ach, gibt es den Salon noch?«

»Er wartet förmlich auf dich, und die Mädchen sind genau nach deinem Geschmack: jung, aber nicht zu jung.«

»Ich liebe Frischfleisch.« Die Worte wurden von einem widerlichen Lachen begleitet.

»Sollst du bekommen, mein Freund.«

»Dann lass ich euch jetzt allein. Ich hab alles geregelt. Ihr könnt durchfahren.«

»Wunderbar.«

Der Mann entfernte sich. Zieglers nächster Befehl galt den beiden Männern an Azucenas Seite. »Schafft sie in den Wagen!«

Eisenringe legten sich um Azucenas Arme. In Wirklichkeit waren es die Hände der beiden Männer, und die Frau spürte, welch eine Kraft in ihnen steckte.

Sie wollte nicht mitgeschleift werden, deshalb hielt sie mit den beiden Kerlen Schritt. Weit brauchten sie nicht zu gehen. Ein dunkler Umriss erschien vor ihren Augen. Es war ein großer Wagen, ein Transporter.

Jemand zerrte eine Seitentür auf. »Einsteigen!«

Azucena kletterte in den Wagen und wurde durch Stöße zusätzlich in den Fond geschoben. Jemand schnallte sie an. Es war der Mann, der sie mit dem Schießeisen geschlagen hatte; sie erkannte ihn an der Stimme.

»Auch jetzt wirst du am besten nichts sagen, und du wirst dich nicht rühren. Vielleicht solltest du auch deine Gedanken ausschalten, das wäre für dich am allerbesten.«

»Ich versuche es«, flüsterte sie.

»Sehr brav.«

Auch andere Männer stiegen ein. Azucena sah sie

durch ihren Schleier. Sie kamen ihr wie Spukgestalten vor, als sie sich links und rechts von ihr auf die Rückbank setzten.

Zuletzt stieg Jean Ziegler ein. Er setzte sich neben den Fahrer. »Los geht's.«

Der Wagen wurde gestartet und fuhr sehr schnell an. Azucena stellte sich die Frage, wohin die Reise wohl ging. Sie hatte keine Ahnung. Der Blick aus dem Fenster nutzte ihr auch nichts, der Schleier verbarg einfach zu viel. Sie wusste nur, dass sie sich in der Schweiz befand, und in diesem Land gab es nicht nur Banken, tiefe Täler und hohe Berge, sondern auch zahlreiche Verstecke. Sie wusste, dass die Eidgenossen tief in ihren Massiven Waffenlager angelegt und auch atombombensichere Bunker errichtet hatten. Man redete nur nicht gern darüber. Waffen und Geld wurden vor den Augen der Öffentlichkeit versteckt.

Azucena tat nichts. Sie wirkte wie eine Frau, die sich voll und ganz ihrem Schicksal hingegeben hatte und in sich zusammengesunken war. Das täuschte. Ihre Sinne waren angespannt. Unter dem Schleier bewegte sie die Augen und versuchte, so viel zu sehen wie möglich, was nicht leicht war.

Die Fahrt führte weiter über eine Schnellstraße. Sie befanden sich noch im Tal, und auch der Verkehr war nicht eben wenig. Sie wurden des Öfteren überholt, auch Gegenverkehr war vorhanden, aber sie selbst überholten nicht.

Zwei Mal sah sie einen Zug neben der Straße herfahren. Es war die Rätische Bahn mit ihren typischen roten Zugmaschinen.

Ein Kreisverkehr. Der Wagen rollte hinein und bog sofort rechts ab.

Vorn neben dem Fahrer telefonierte Ziegler. Er war sehr zufrieden, das entnahm sie dem Klang seiner Stimme. Hin und wieder hörte sie ihn sogar lachen.

Wieder eine Kurve, diesmal nach links, und dann ging es bergauf. Dabei musste der Transporter zeigen, was er konnte, und er hatte tatsächlich einen starken Motor, denn das Tempo verringerte sich nicht, während es immer weiter nach oben ging.

Draußen wurde es allmählich dunkler, obwohl die Dämmerung noch auf sich warten ließ. Es lag an den Bergen, die dichter an die Straße herangerückt waren, als wollten sie diese umklammern, um sie später zu zerbersten.

Ein Spiel aus Licht und Schatten entstand. Bäume und freie Flächen wechselten sich ab. Auch das Signal eines Postbusses war zu hören.

Die Kurven verengten sich, wurden zu schmalen Serpentinen. Das Tal hatten sie längst verlassen. Auch der Verkehr war so gut wie nicht mehr vorhanden. Es ging hinein in die Einsamkeit des Schweizer Hochgebirges, und Azucena fragte sich, wo sie wohl landen würden. Irgendwo am Ende der Welt. In einer Höhle, einem Gefängnis. Vielleicht auch in einer Festung. Jedenfalls in einem Verlies, das sie aus eigener Kraft nicht mehr würde verlassen können. Und dann würden die

Höllensöhne ihr Fragen stellen, und Azucena wusste, dass diese Kerle alles andere als zimperlich waren.

Sie wollten das Amulett, das Azucena ihnen vorenthalten hatte. Sie kannten den Grund nicht. Es hatte sie völlig überrascht. So eine Täuschung war ihnen noch nie widerfahren. Aber wie hätten sie auch die ganze Wahrheit wissen sollen?

Azucena kannte sie.

Und noch jemand.

Aber darüber wollte sie im Moment nicht nachdenken.

Das harte Abbremsen, dann der Ruck nach links. Azucena – und nicht nur sie – wurde in den Gurt gepresst. Vorn entschuldigte sich der Fahrer bei Ziegler für das Manöver.

»Tut mir leid. Den Weg habe ich fast übersehen.«

»Schon gut.«

Nun führte der Weg richtig in die Berge hinein und sehr steil bergauf. Und der Wagen kletterte hoch wie eine Gämse. Die Reifen rollten über kantige Steine hinweg, das Fahrzeug schaukelte von einer Seite zur anderen, und Azucena wurde öfter gegen ihre Bewacher geschleudert. Das Ziel konnte nicht mehr weit entfernt sein.

In dieser Hinsicht irrte sie sich nicht. Es waren vielleicht zehn Minuten vergangen, als der Fahrer auf die Bremse trat. Den Motor aber stellte er nicht ab, weil er noch auf etwas Bestimmtes wartete, das sehr bald eintrat.

Selbst im Innern des Fahrzeugs war das Summen zu hören, als sich draußen etwas bewegte. Azucena ging davon aus, dass es ein Tor war, und auch diesmal täuschte sie sich nicht. Kaum waren sie wieder angefahren, da wurde die Umgebung draußen anders – grau, düster und nur ab und zu von einem Lichtfleck aufgehellt. Für die Gefangene gab es keinen Zweifel, dass sie in das Innere eines Berges gefahren waren.

Der Wagen hielt, und diesmal wurde der Motor abgeschaltet.

»Du bleibst noch sitzen, Azucena!«, befahl Ziegler, als er die Tür aufdrückte und den Wagen verließ. Ihm folgten die anderen Männer, sie rammten die Türen wieder zu und ließen die Frau allein.

Azucena spähte durch den Sichtschlitz des Gewandes. Was sie sah, war nicht viel. Vorn einen hellen Teppich, den die Scheinwerfer des Wagens erzeugten, Steinwände an beiden Seiten und hin und wieder ein einsames Licht. Ansonsten gab es nur die verfluchte Leere – und natürlich die Männer, die den Wagen umstanden und die Azucena aus dem Flugzeug kannte.

Plötzlich öffnete Ziegler persönlich die Seitentür und befahl ihr auszusteigen.

»Und was ist dann?«

»Du wirst in dein neues Heim gebracht, wo man sich in aller Ruhe mit dir unterhalten wird.«

»Das wird wohl sehr einseitig sein.«

»Weiß ich nicht.« Ziegler grinste eisig. »Auch Schreie können Antworten sein, denke ich.«

»Danke für die Aufklärung«, erwiderte Azucena und verließ das Fahrzeug …

Sie hatte sich den Weg merken wollen und es doch nicht geschafft. Zu verzweigt war dieses Labyrinth innerhalb des Berges, und es war perfekt ausgebaut mit glatten Betonmauern und unterschiedlich großen Stahltüren. Manche waren so breit, dass zwei Lastwagen nebeneinander hindurchfahren konnten.

Hier unten konnte sich eine Armee verstecken und würde nicht gefunden werden.

Zwei Männer führten sie zu ihrer neuen Bleibe. Sie schritten durch diese kahle Welt, und Azucena machte sich keinerlei Illusionen. Sie war der anderen Seite auf Gedeih und Verderb ausgeliefert. Zwar hätte sie die Männer überwältigen können, nur hätte es ihr kaum was genutzt, denn aus diesem Berg wäre ihr die Flucht niemals gelungen.

Vor einer schmalen Stahltür blieben sie stehen. Einer der Aufpasser gab eine mehrstellige Codezahl ein, erst dann konnte die Tür geöffnet werden.

Dahinter lag ihr »Gästezimmer«. Der Raum, in dem sie die nächste Zeit verbringen sollte. Sie zögerte noch, ihn zu betreten, wollte ihn zunächst mit ihren Blicken ausmessen. Dagegen hatten die beiden Aufpasser etwas. Ein heftiger Stoß in den Rücken trieb sie über die Schwelle. Sie hatte sich kaum gefangen, als die Tür hinter ihr wieder geschlossen wurde. Das dabei entstehende Geräusch hörte sich endgültig an.

Zum Glück war es nicht dunkel in der Zelle. Eine Neonröhre leuchtete unter der Decke. Azucena ging einen Schritt weiter in ihre Zelle hinein, und was sie sah, war nicht dazu geeignet, Freudensprünge auszulösen. Betonwände. Kein Fenster. Luft wurde durch die Schlitze einer Belüftungsanlage zugeführt. Es gab eine Pritsche, die fest im Betonboden verankert war. Die dünne graue Decke darauf würde sie kaum wärmen. Einen Tisch oder auch nur einen Stuhl gab es nicht. Die Pritsche war alles.

Zellen sind oft still. Bei dieser war es nicht der Fall, denn Azucena hörte das leise Summen der Belüftungsanlage. Ansonsten geschah nichts. Das hier war Einsamkeit pur. Hier konnte ein Mensch verrecken und vergessen werden und das Ende der Welt abwarten.

Azucena wusste nicht, ob sie von versteckten Mini-Kameras beobachtet wurde. Sie ging allerdings davon aus. Wahrscheinlich war zumindest eines der elektronischen Augen hinter dem Gitter der Lüftungsanlage verborgen. Wer in dieser Zelle eingeschlossen wurde, war wichtig.

Azucena wusste auch, dass sie nicht lange allein bleiben würde. Sie wollten von ihr das Amulett. Für die Gegenseite war es ungemein wichtig, auch wenn Azucena nicht wusste, was diese Typen damit anstellen wollten. Es musste für sie ein Schlüssel sein, der ihnen die Türen zu Geheimnissen öffnete, die in der Vergangenheit verborgen lagen, für die Gegenwart und die Zukunft aber sehr wichtig waren.

Azucena zog die Burka aus und warf sie in die Ecke. Lieber hockte sie halbnackt in dieser Zelle, nur die aufreizende Unterwäsche am Leib, und holte sich eine Erkältung, als dieses Ding weiterhin zu tragen, das ihre Bewegungsfreiheit einschränkte und sie von der Außenwelt abschnitt. Die Frau mit den schwarzen Haaren und den dunklen Kohleaugen war auch nur ein Mensch. Und für Menschen sind gewisse Dinge wichtig. Ein Mensch muss essen und auch trinken, wobei das Trinken durchaus wichtiger war, was auch Azucena merkte, denn sie verspürte Durst. Ein Schluck Wasser hätte ihr gutgetan.

Sie nahm auf der Pritsche Platz. Ohne Grund war sie nicht entführt worden. Man wollte etwas von ihr. Und die andere Seite war brutal genug, um es aus ihr herauszupressen. Folter gehörte zum Programm, und so stellte sich Azucena innerlich darauf ein.

Und auf das Warten, das ebenfalls eine Art Folter war. Sie spürte die Ungeduld in sich, sie wartete darauf, dass jemand kam. Den Gefallen tat man ihr zunächst nicht, und so verstrich die Zeit, die sie nicht mal nachempfinden konnte, denn man hatte ihr auch die Uhr abgenommen.

Tag und Nacht würden in diesem Loch nicht zu unterscheiden sein. Man wollte sie zermürben. Das jedenfalls nahm Azucena an.

Doch diesmal täuschte sie sich.

Das hörte auf.

Auf einmal wurde die Tür geöffnet, und zwei Männer aus dem Flugzeug betraten ihre Zelle. Sie waren mit Maschinenpistolen bewaffnet, worüber Azucena nur geringschätzig lächeln konnte. Man schien Angst vor ihr zu haben.

Wenige Augenblicke später kam Ziegler. Er ging zwei Schritte in die Zelle hinein und ließ die Tür offen stehen. Er stemmte die Hände in die Hüften und hielt den Kopf etwas gesenkt, um der Frau ins Gesicht schauen zu können.

»Na, wie fühlst du dich?«

Azucena gab keine Antwort.

»Du hast Durst, und ich bin wirklich kein Unmensch.« Ziegler schnippte mit den Fingern. Einer der beiden Männer warf Azucena eine Plastikflasche zu. Es hatte keinen Sinn, wenn sie hier die Starke spielte und sich weigerte, einen Schluck zu trinken. Sie musste bei Kräften bleiben, und so trank sie die Flasche halb leer. Danach ging es ihr besser. Zumindest fiel ihr das Sprechen wieder leichter.

»Deine Lage sieht nicht gut aus«, erklärte Ziegler.

»Ich weiß.«

»Du kannst sie verbessern.«

»Das glaube ich nicht.«

»Doch. Du musst uns nur sagen, wo sich das Amulett befindet. Verdammt noch mal, du bist losgeschickt worden, um es zu holen. Du hast es bekommen. Du solltest keine Zeugen hinterlassen, aber schon da bist du abgesprungen. Elektra lebt, Don Harris ebenfalls, und das ist deine Schuld!«

Sie hob die Schultern.

Ziegler nickte. »Okay, ich wusste, dass du so reagieren würdest, aber genau das ist ein Fehler. Du solltest wissen, dass wir dir hier die Hölle bereiten können. Wir kennen geeignete Methoden, dich allmählich weichzukochen, aber das muss ich dir nicht sagen, das solltest du selbst wissen.«

Ziegler strich über sein weißes Haar. Der kalte Blick seiner Kieselsteinaugen blieb auf die Gefangene gerichtet. »Du wirst uns sagen, wo sich das Amulett befindet. Ich überlege, ob ich dir dein Gesicht zerschneiden soll, um danach Säure in die Wunden zu träufeln. Ist immerhin eine Option. Die andere heißt Don Harris.«

»Was hat der damit zu tun?«

»Harris ist eine Gefahr, die wir unterschätzt haben. Wie gut kennst du ihn?«

Azucena hatte mit dieser Frage nicht gerechnet, und deshalb musste sie zunächst lachen, bevor sie antwortete: »So gut wie gar nicht. Oder glaubst du, dass wir miteinander geschlafen haben?«

»Das wäre mir egal. Mich würde es interessieren, wie viel du ihm wert bist? Was würde er für dich tun?«

»Wieso sollte sich Don Harris für mich interessieren?«

»Oh, immerhin muss er dir dankbar sein.«

»Muss er?«, fragte Azucena, ehrlich überrascht.

»Du hast ihn und seine Busenfreundin Elektra am

Leben gelassen. Das wollen wir mal nicht außer Acht lassen.«

»Und weiter?«

Ziegler lachte leise. »Wenn du das Amulett nicht hast, dann lässt dies darauf schließen, dass du es Harris gar nicht abgenommen hast. Also befindet es sich in seinem Besitz!«

»Den Schwachsinn hast du mir schon mal angedeutet. Daran glaubst du doch selbst nicht! Ich kenne ihn doch gar nicht. Wir sind uns erst einmal begegnet, und glaub mir, diese Begegnung war für ihn alles andere als angenehm.«

»Das ist egal. Wenn er das Amulett hat und mit dir verbündet ist, wird er es herbringen, um dich zu retten. Dann schlage ich gleich zwei Fliegen mit einer Klappe – ich bekomme das Amulett und erledige zugleich Don Harris, den Psycho-Cop!«

Nach diesen Worten wirbelte Ziegler herum und verließ mit seinen beiden Vasallen die Zelle.

Die Tür schlug hinter den drei Männern zu.

Azucena war wieder allein.

Sie wollte nicht länger auf der Pritsche hocken und stand mit einer ruckartigen Bewegung auf. Dass man sie beobachtete, stand für sie fest, auch wenn sie keine Kamera sehen konnte.

Egal …

Azucena wollte sich bewegen und nicht starr herumhocken, und so schritt sie in der Zelle auf und ab. Sie dachte über Ziegler nach. Er war Schweizer, und auch in diesem Land hatten die Höllensöhne ihre Stützpunkte. Die Berge boten in dieser Hinsicht tolle Voraussetzungen.

Was Ziegler beruflich machte, das wusste sie nicht. Sie konnte sich vorstellen, dass er offiziell für eine Bank arbeitete und für die Höllensöhne Geldwäsche betrieb. Möglicherweise führte er nach außen hin ein völlig normales Leben. Möglich, dass er sogar Familie hatte, Frau und Kinder, die nicht wussten, was für ein Schweinehund er wirklich war.

Ein eiskalter Verbrecher, ein Mensch mit zwei Gesichtern.

Azucena blieb in Bewegung. Es tat ihr gut, es beflügelte die Gedanken.

Graue Wände, kaltes Licht, eine harte Pritsche – und eine Stimme.

Plötzlich hörte Azucena sie. Sie war auf einmal da, und es war die Stimme einer Frau.

»Setz dich hin …«

Die Stimme war nicht aus einem Lautsprecher erklungen, sondern kam irgendwo *anders* her …

Azucena blieb stehen, drehte leicht den Kopf, um in jede Ecke zu schauen, aber sie tat es recht unauffällig, sodass es die andere Seite nicht sah.

»Tu ganz normal, Freundin!«

Es fiel Azucena schwer, aber sie gehorchte. Sie hockte sich wieder auf die Pritsche und bemühte sich um einen neutralen Gesichtsausdruck. Niemand sollte bemerken, was sie erlebte.

»Leg dich ruhig hin.«

»Sicher…« Azucena hatte die Antwort geflüstert, ohne die Lippen zu bewegen. Sie streckte sich auf der Pritsche aus, lag in der Stille, doch sie hatte das Gefühl, als hätte sich etwas verändert – etwas, das nicht im sichtbaren Bereich lag. Es lauerte, schien darauf zu warten, sich zeigen zu können.

Sekunden verstrichen. Azucena wartete gespannt auf die Meldung der anderen Seite. Noch war sie sich nicht sicher, ob sie sich die Stimme vielleicht nicht nur eingebildet hatte.

Erneut verstrich die Zeit, ohne dass etwas passierte, dann aber hörte sie die Stimme erneut. »Ich kann dir nicht helfen, aber ich bin trotzdem bei dir. Daran solltest du denken…«

Azucena rührte sich nicht. Sie hatte das Gefühl, steif wie eine Tote zu sein. Die Stimme allerdings hatte sie erkannt.

Keine Geringere als Elektra hatte zu ihr gesprochen…

4

Don Harris fühlte sich frustriert. Und das gleich nach dem Aufstehen. Auch eine heiße Dusche konnte dieses bedrückende Gefühl nicht vertreiben.

»Ich stecke in einer Sackgasse!«, sprach er zu sich selbst, als er beim Rasieren in den Spiegel schaute.

Das dritte Auge und seine Fähigkeiten, Dinge zu sehen, die noch eintrafen, ließen ihn schmählich im Stich. Sein Apartment in der Londoner City kam ihm plötzlich zu klein vor. Er wünschte sich weit weg, sogar hin nach Glastonbury, wo sein Vater begraben lag, mit dessen Tod alles begonnen hatte. Da war ein Stein ins Rollen geraten, der eine ganze Lawine ausgelöst hatte.

Don war zwar Agent der European Special Intelligence, einer Organisation, der er Treue geschworen hatte, aber in der letzten Zeit hatte er keinen Einsatz gehabt. Stattdessen hatte er sich um seine privaten Angelegenheiten gekümmert, um die Bestattung seines Vaters, um Elektra, um das Amulett. So etwas musste einfach auffallen, aber sein Vorgesetzter Jack O'Donnell hatte in dieser Hinsicht offenbar sehr viel Verständnis ihm gegenüber.

Das war für Don ein Rätsel. Bei anderen Agenten wurde nicht so gehandelt.

Harris hatte das Gefühl, dass etwas nicht stimmte. Nicht unbedingt im negativen Sinne, aber er stellte sich darauf ein, eine Überraschung zu erleben. Und er nahm sich vor, mit O'Donnell zu sprechen, sobald es möglich war.

Das Frühstück bestand aus Kaffee und einer Scheibe Vollkornbrot. Er schaute dabei aus dem Fenster, sah einen leicht bedeckten Himmel über London und überlegte, ob ihn die andere Seite benutzt hatte. Es war alles aus. Es gab kein Amulett mehr, und Elektra und diese merkwürdige Azucena waren ebenfalls verschwunden.

Er war allein.

Aber nicht einsam. Don Harris gehörte zu den Menschen, die das Beste aus einer Situation machten, und das würde er auch an diesem Tag so handhaben.

Er dachte dabei an die Botschaft, die Elektra ihm übermittelt hatte: Man sollte im Leben nicht alles einseitig sehen. Genau daran wollte er sich halten. Ans Aufgeben dachte er nicht. Er sah allerdings ein, dass es nicht leicht für ihn werden würde, wenn er allein seinen Weg ging. Er musste Verbündete finden, um gegen die Höllensöhne siegen zu können.

Er hoffte weiterhin, dass sich Elektra bei ihm melden würde, und als das Telefon dudelte, glaubte er schon, dass sie es war.

Trotzdem nahm er sich Zeit und hob erst beim dritten Signal ab.

»Ja.«

Zunächst war nichts oder nicht viel zu hören. Das konnte ein Atmen sein oder auch nur ein leises Rauschen in der Leitung. Don wollte nachsetzen, aber diesmal kam ihm der Anrufer zuvor.

»Don Harris?«

»Ja, bin ich. Was wollen Sie von mir?«

»Zunächst einmal möchte ich, dass Sie mir sehr genau zuhören. Es ist in Ihrem ureigensten Interesse.«

Don überlegte fieberhaft, ob er die Stimme schon mal gehört hatte. Sie gehörte einem Mann, das war klar. Doch so sehr er sich auch anstrengte, die Stimme des Anrufers war ihm fremd.

»Eine Frage noch schnell, Mr Unbekannt«, bat Don deshalb. »Wer sind Sie?«

»Mein Name spielt keine Rolle. Es hat auch keinen Sinn, diesen Anruf zurückverfolgen zu wollen. Sie sollen nur zuhören, kapiert?«

»Okay.«

»Wir haben Azucena!«

Don sagte nichts. Doch er war schon echt geplättet. Wieso hatten sie Azucena? Sie arbeitete doch für die Höllensöhne. Was der Kerl da gerade gesagt hatte, brachte Don schon ein wenig aus dem Konzept.

Doch er sammelte sich schnell und fragte: »Was geht mich Azucena an?«

»Sie sollen zuhören, Harris!«

»Tu ich.« Don hörte sogar sehr gut zu und hatte inzwischen festgestellt, dass er nicht mit einem Landsmann sprach. Der Anrufer sprach mit einem Dialekt, und Don war in der Welt weit herumgekommen und erkannte an diesem Dialekt den Schweizer.

»Wir haben sie!«

»Na und?«

»Sie ist unsere Gefangene. Und es kommt auf Sie an, wie lange sie noch am Leben bleiben wird.«

Fast hätte Don gelacht. Er riss sich so eben noch zusammen.

»Hören Sie, was habe ich mit dieser Person zu schaffen? Die Puppe war darauf aus, eine Freundin von mir und mich zu töten. Machen Sie mit ihr, was Sie wollen, es ist mir egal, okay?«

»Dann werden wir sie töten!«

»Bitte, wenn Sie nicht anders können. Nur dachte ich, dass sie zu Ihrer Organisation gehört oder zumindest für Sie gearbeitet hat. Also bin ich schon überrascht, dass Sie ...«

Der Anrufer unterbrach ihn. »Wollen Sie wirklich, dass sie stirbt, Harris?«

»›Wollen‹ ist da der falsche Ausdruck. Ich verstehe nur nicht, was ich mit ihr zu schaffen habe. Wie kommen Sie darauf, dass ich mir die Beine ausreiße, um sie zu retten? Sie war in Spanien nicht gerade nett zu mir, müssen Sie wissen.«

»Wollen Sie sie am Telefon schreien hören, wenn wir sie foltern?«

»Ich sagte schon: Mit Wollen hat das nichts zu tun, Mister. Azucena gehört zu Ihrer Bande, nicht zu mir.«

Der Unbekannte ging auf Dons Einwand erst gar nicht ein. »Ihr Flug in die Schweiz ist bereits gebucht.«

»Na und? Dann ziehen Sie das Ticket wieder zurück. Das wird für Sie doch kein Problem sein.«

»Unser Treffen habe ich auch schon organisiert. Es wird an einem neutralen Punkt stattfinden. Kennen Sie St. Moritz?«

Don war neugierig geworden. »Nicht besonders. Das ist nicht meine Welt.«

»Aber ein Teil davon könnte Ihre Welt werden. Es gibt doch den Piz Corviglia. Ein Berg, der bei Gourmets und Skiläufern sehr beliebt ist. Bequem durch eine Bahn zu erreichen. Ich habe mir gedacht, dass wir uns dort treffen könnten.«

»Und wann?«

»Heute noch. Sie können bis Zürich fliegen und steigen um in die Maschine nach Samedan. Das Wetter ist prächtig, und Samedan liegt nicht weit von St. Moritz entfernt.«

»Ich weiß.«

»Dann ist ja alles klar.«

»Noch habe ich nicht zugestimmt. Wie kommen Sie darauf, dass ich für Azucena irgendetwas riskiere? Muss ich Ihnen noch mal sagen, dass sie nicht auf meiner Seite steht?«

»Harris, Sie begehen einen Fehler. Sie sollten Ihre

Gedanken öffnen und nicht nur auf einer Schiene denken. Azucena ist wichtig für Sie. Das sollte Anreiz genug für Sie sein.«

»Und deshalb soll ich zu Ihnen in die Schweiz kommen, damit Sie die Frau freilassen?«

»Ja.«

»Das ist mehr als seltsam. Es geht also um einen Austausch. Sie gegen mich – oder?«

»Nein, Harris, so ist das nicht. Es gibt noch etwas, das Sie dabeihaben sollten.«

»Ach – und was?«

»Das Amulett.«

Don fühlte sich, als hätte ihn jemand gegen den Kopf geschlagen. Doch er überwand seine Überraschung auch diesmal schnell. Das war also der eigentliche Grund des Anrufs. Die andere Seite wollte das Amulett, das Azucena ihm abgenommen hatte, um es dann ihren Freunden oder Verbündeten zu übergeben.

Sie hatte es nicht getan. Die Höllensöhne besaßen es nicht und gingen davon aus, dass sich das Amulett noch in Dons Besitz befand. Gab er es heraus, würde Azucena überleben. Angeblich. Behielt er es für sich, würde sie unter Qualen sterben. Es war eine einfache Rechnung.

»Sie haben alles gehört, Harris?«

»Ja.«

»Dann will ich jetzt Ihre Entscheidung.«

Die zögerte Don noch hinaus. »Sie wollen also das

Amulett. Wer sagt Ihnen denn, dass ich es habe? Sind Sie sich da so sicher?«

»Ich denke schon. Es gibt keine andere Alternative.«

»Das alles wissen Sie von Azucena?«

»Möglich.«

Der Mann war sich offenbar nicht hundertprozentig sicher, das konnte Don seiner Stimme anhören, auch wenn sich der Typ gut verstellen konnte. Don musste sich entscheiden.

»Sie sind verdammt raffiniert, Mister«, sagte er, »das muss ich Ihnen schon zugestehen.«

»Ich will Ihre Entscheidung.«

»Gut, ich komme.«

Eine kurze Pause entstand, dann hörte Don erneut die Stimme des Anrufers. »Perfekt, Harris. Sie können Ihr Ticket am Flughafen abholen. Die Maschine fliegt gegen Mittag. Und denken Sie an das Amulett.«

»Ja, natürlich.«

»Fahren Sie hoch auf den Piz Corviglia. Ich werde Sie erkennen, Harris.«

Don wollte noch etwas sagen, doch da hatte der Unbekannte bereits aufgelegt.

Harris stellte das Schnurlostelefon wieder zurück in die Station. Sein Gesicht wirkte angespannt. Sein größtes Problem bei dieser Sache war das Amulett. Er musste ohne es in die Schweiz reisen, denn Azucena hatte es ihm ja abgenommen.

Azucena ... Don konnte sich einfach nicht vorstellen, welche Rolle sie in diesem Spiel innehatte. Sie hatte Elektra und ihn verschont. Warum? Jetzt gingen die Höllensöhne davon aus, dass er sein Leben für sie riskierte. Wie kamen sie darauf?

Auf welcher Seite stand Azucena wirklich?

Dass Jack O'Donnell lächelte, als Don in sein Büro trat, hatte nichts zu sagen, erst recht nichts über seine Gemütsverfassung. Jack war einer, der sich stets in der Gewalt hatte. Das musste in diesem Job so sein.

Ein gutes Gewissen hatte Don nicht. In der letzten Zeit war er zu sehr in seine privaten Angelegenheiten verstrickt gewesen und hatte seinen eigentlichen Job bei der ESI hintangestellt, wenn auch mit einer gewissen Billigung seines Vorgesetzten. Deshalb hoffte er auf Nachsicht, auch deshalb, weil ihm O'Donnell schon einmal freie Bahn gegeben hatte, als er unbedingt nach Spanien hatte reisen müssen.

»Dann schließen Sie mal die Tür, Don, damit wir in aller Ruhe sprechen können.«

»Natürlich, Sir.«

Der Psycho-Cop bekam einen Platz angeboten. Er setzte sich auf einen Stuhl mit weicher Sitzunterlage aus Leder. Das Getränk – Mineralwasser – lehnte er nicht ab, dann sah er den forschenden Blick des gebürtigen Iren auf sich gerichtet, der allerdings keine roten Haare hatte – das war ein Klischee über Iren, das selten der Realität entsprach –, sondern graue, die zu einer Bürste geschnitten waren und zu den grauen Augen passten.

»Machen Sie bitte den Anfang, Don.«

»Sicher.« Harris nickte und trank einen Schluck Wasser. »Wie Sie sich denken können, geht es um meine Reise nach Spanien, die mehr einen privaten Charakter hatte und von Ihnen gebilligt wurde, wofür ich mich noch mal bedanken möchte.«

»Geschenkt. Fahren Sie fort.« O'Donnell war wieder in seinen für ihn manchmal so typischen Offizierston zurückgefallen.

Don legte die Karten offen auf den Tisch. Er verschwieg nichts und erklärte auch, dass er einer der Wächter war, sozusagen der Erbe seiner Mutter. Er erzählte vom Tod seines Vaters, von dem geraubten Amulett und schaute dabei immer wieder in Jack O'Donnells Gesicht, um dort ablesen zu können, ob der Mann ihm glaubte oder nicht.

Jack O'Donnell saß wie eine Holzpuppe auf seinem Stuhl und bewegte sich kaum. Aber in seinen Händen hielt er einen Kugelschreiber aus Silber, den er ab und zu drehte. Das blaue Hemd und die unifarbene Krawatte ließen ihn sehr konservativ erscheinen.

»Ist das alles, was Sie mir zu berichten haben?«

»Fast.«

»Aha. Es folgt also noch etwas nach.«

»Ja, Sir, und das ist der eigentliche Grund, weshalb ich mit Ihnen sprechen wollte.«

O'Donnell hob die Hand. »Bevor Sie weiterreden, lassen Sie mich etwas erklären. Ich habe lange damit gewartet, aber die Zeit ist jetzt reif, um endlich alles ans Licht zu bringen, denn Sie, Don, haben die Feuertaufe bestanden.«

Harris lächelte verlegen, worüber er sich ärgerte. Aber er hatte nicht gedacht, etwas Derartiges zu hören, und dieses Lächeln spiegelte einfach nur seine Überraschung wider.

»Sie haben sich bestimmt gewundert, dass wir Ihnen so freie Hand gelassen haben, Don.«

»Ja, das stimmt. Ich bin sogar leicht irritiert gewesen oder bin es jetzt noch.«

O'Donnell winkte ab. »Ich denke, dass diese Irritation bald der Vergangenheit angehören wird, denn wir gehen jetzt ans Eingemachte.« Jack O'Donnell lehnte sich zurück und ließ den Stuhl kippen. Er nahm eine lässige Haltung ein und behielt sie auch bei. »Was wissen Sie über die ESI, Don?«

Die Frage überraschte Harris. Er schüttelte den Kopf und suchte nach einer Antwort. »Nun ja, wir beschäftigen uns mit Verbrechen, die global und im großen Stil verübt werden. Es ist ein Netz in aller Welt aufgebaut worden, und die Zentrale befindet sich in London. Ich habe ja schon einige Fälle gelöst und …«

»Haben Sie«, unterbrach ihn der Einsatzleiter.

»Und ich war mit meinem Bericht auch noch nicht fertig, Sir. Entschuldigen Sie, wenn ich …«

»Jetzt lassen Sie uns mal über unsere Firma reden.«

»Bitte.«

»Wissen Sie, wie lange die ESI schon existiert, Don?«

»Nein, das weiß ich nicht.«

In O'Donnells Mundwinkeln zuckte es, als wollte er lächeln. »Ich könnte Ihnen jetzt eine Jahreszahl nennen, aber das ist unwichtig.« Der Einsatzleiter beugte sich wieder vor, was darauf hindeutete, dass er etwas Wichtiges zu sagen hatte. »Die European Special Intelligence wurde gegründet als Gegenpol zu dem, woran andere Geheimdienste gescheitert sind.« Er legte die Stirn in Falten. »Kommt Ihnen ein bestimmter Gedanke?«

»Noch nicht, Sir.«

»Dann hören Sie jetzt die Wahrheit. Die ESI wurde als Gegenkraft zu den Höllensöhnen ins Leben gerufen. Das ist ihre wahre Berufung. Wir sind angetreten, um diese weltweite Bedrohung zu stoppen, und Sie, Don, gehören dazu.«

Don sagte erst mal nichts. Er fühlte sich wie vor den Kopf gestoßen und ärgerte sich auch darüber, dass ihm das Blut ins Gesicht stieg.

»Sagen Sie was, Don!«

»Ich … ähm … ich bin … geplättet.«

»Geplättet?« O'Donnell schüttelte den Kopf. »Na, warten Sie noch ab, Don. Was ich Ihnen jetzt sage, das ist nicht allen Agenten bekannt. Nur wenige Eingeweihte sind informiert, Don, und dabei muss es auch bleiben. Aber da kann ich mich auf Sie verlassen, richtig?«

»Natürlich, Sir.«

»Gut, dann weiter. Damals haben sich einige mutige Männer zusammengetan, um die ESI zu gründen. Das waren Wissenschaftler, die sich auch mit den Mysterien der Vergangenheit und Okkultismus auskannten, aber auch Angehörige des Militärs. Auf Einzelheiten will ich nicht eingehen. Aber etwas sollten Sie auf jeden Fall wissen: Ihr Vater war einer der Initiatoren, eines der Gründungsmitglieder, wenn man es salopper formulieren will. Er war dabei, und da er nicht mehr lebt und unter sehr rätselhaften Umständen zu Tode kam, obwohl Herzschlag diagnostiziert wurde, sind Sie jetzt mit Ihren besonderen Eigenschaften praktisch an seine Stelle getreten. Ich wusste von Anfang an Bescheid, und deshalb habe ich mich auch nicht in Ihre sogenannten privaten Angelegenheiten eingemischt. Ich wollte Ihnen natürlich auch keine Steine in den Weg legen, als Sie nach Spanien reisten. Ich denke, dass Sie jetzt verstehen, warum.«

Allerdings, Don verstand. Die Erklärungen seines Vorgesetzten hatten ihn wie eine Flutwelle überschwemmt. Die Gedanken rasten durch seinen Kopf, wurden zu Fragen, die zu stellen er aber noch nicht in der Lage war.

Sein Vater also. Edward Harris. Ein Wissenschaftler im Prinzip, aber das war Tarnung nach außen hin gewesen. Tatsächlich hatte er zu den ersten Agenten der ESI gehört. Und Don war sozusagen sein Nachfolger, sein Erbe.

»Nun, was ist?«, fragte Jack O'Donnell.

»Sorry, Sir, aber ich bin noch sprachlos.«

»Das kann ich verstehen. Ein wenig viel auf einmal, nicht wahr?«

»Nein, Sir, das ist es nicht, wirklich nicht. Ich ... verdammt, ich freue mich sogar, bin geehrt, dass ich dies alles erleben darf.«

»Wenn Sie so denken ...«

»Und trotzdem habe ich meine Probleme.«

»Das ist verständlich.«

»Warum hat mir mein Vater nie etwas gesagt? Warum hat er mir die Wahrheit verschwiegen?«

»Er hat sich genau richtig verhalten, Don. Die Zeit musste reif sein, und sie wäre fast reif gewesen, aber da schlug der Tod zu, und Ihr Vater verstarb.«

Don nickte, dann sagte er: »Es gibt noch etwas, was mich stört.«

»Bitte.«

»Was ist mit Mac Sterling? Gehörte er auch zu denen, die die Organisation mit begründet haben?«

»Nein, Don, er kam erst später. Er hat sich in der Organisation aber rasch hochgearbeitet und war dann einer unserer besten Leute. Nur schade, dass es sich bei ihm um einen Maulwurf gehandelt hat. Damit hat keiner von uns rechnen können.«

Die Überraschungen nahmen für Don Harris an diesem Morgen kein Ende. »Dann ... dann wussten Sie Bescheid?«

»Zum Glück ist es noch früh genug herausgekommen, auch wenn Sie darunter zu leiden hatten. Silver war Ihr Freund, doch dann wollte er Sie killen. Ich kann Ihre Enttäuschung nachvollziehen, denn ich habe in meiner Jugend Ähnliches erlebt. Aber ich bin darüber hinweg, und das werden auch Sie schaffen.«

»Ich bin es schon, Sir.«

»Sehr gut.«

Don verzog die Lippen zu einem breiten Lächeln. »Da dies jetzt klargestellt ist und meine privaten Probleme offenbar auch die Beruflichen betreffen, möchte ich mit meinem Bericht fortfahren.«

»Bitte.«

»Ich erhielt heute Morgen einen Anruf, der mich schon nachdenklich gemacht und zugleich durcheinandergebracht hat. Der Fall, der in Spanien begann, läuft nahtlos weiter, denn auch bei der anderen Seite ist nicht alles so gelaufen, wie man es sich wohl vorgestellt hat. Sie hatten wohl einen weiblichen Mac Sterling in ihren Reihen.«

»Wer war es?«

»Eine Frau, die sich Azucena nannte.«

Jack O'Donnell nickte. »In ihrem Besitz befindet sich das Amulett, das eigentlich Ihnen zusteht.«

»Nein, nicht mehr.«

Es kam selten vor, dass Don Harris seinen Vorgesetzten sprachlos erlebte. An diesem Morgen war dies der Fall.

Erst nach einigen Sekunden fand Jack O'Donnell

seine Sprache wieder. »Ich denke, Sie haben mir noch etwas sehr Interessantes zu berichten, Don.«

»Das finde ich auch.« Don musste einfach einen Schluck trinken. Er leerte sein Glas zur Hälfte.

Danach hörte O'Donnell sehr aufmerksam zu. Er machte sich einige Notizen und fragte dann, als sich Don zurückgelehnt hatte: »Glauben Sie das alles?«

»Ja, Sir.«

»Das ist eine exakte Antwort, und ich stimme Ihnen sogar zu. Ich stelle mir allerdings die Frage, was die andere Seite damit bezweckt.«

»Sie will das Amulett.«

»Natürlich. Und was noch?«

»Mich.«

»Auch. Das ist natürlich eine Falle, Don. Das wissen Sie. Man will Sie ausschalten, und man wird auch diese Azucena töten, denn Verräter oder Verräterinnen hat man noch nie am Leben gelassen.«

»Das liegt auf der Hand.«

»Und Sie sollen in die Schweiz?«

»Ja, nach St. Moritz. Es wird dann zu einem Treffen auf dem Piz Corviglia kommen.«

»Eine sehr bekannte Location, will ich mal sagen. Waren Sie schon mal dort?«

»Nein, noch nie.«

»Sie kommen mit der Bahn leicht hinauf. Aber lassen wir das. Sie sprachen mit einem Schweizer, soweit habe ich alles mitbekommen, aber Sie haben mir bisher den Namen noch nicht verraten und …«

»Pardon, Sir, aber ich kenne ihn nicht. Er hat sich leider nicht bei mir vorgestellt. Aber ich werde ja auf dem Corviglia mit ihm zusammentreffen.«

»Wann sollen Sie fliegen?«

»Noch heute. Das Ticket wurde für mich hinterlegt«, fügte Don Harris hinzu.

Jack O'Donnell atmete tief ein und überlegte. Dabei ließ er Don nicht aus den Augen und schüttelte schließlich den Kopf.

»Sir …?«

O'Donnell lachte unglücklich. »Wissen Sie, Don, Sie sind ein guter Agent, wenn nicht unser bester dank Ihrer besonderen Fähigkeiten. Die Kollegen nennen Sie deswegen den Psycho-Cop, und wegen der außergewöhnlichen Fälle, die Sie bearbeiten …«

Don lächelte etwas verschämt. »Diesen Spitznamen hat mir mein Freund Terry Sheridan von Scotland Yard verpasst. Ich wusste nicht, dass er bereits die Runde gemacht hat.«

»Hat er«, sagte O'Donnell. »Don Harris, der Psycho-Cop, der sich mit Dingen beschäftigt, die die menschliche Psyche kaum noch erfassen und nicht mehr verarbeiten kann. Doch auch für Sie gibt es Grenzen, Don. Was Sie vorhaben, gleicht einem Himmelfahrtskommando. Sie werden gegen diese verfluchte Bande nicht ankommen. Ich muss Ihnen nicht erst sagen, wozu die Höllensöhne fähig sind.«

Harris runzelte die Stirn. »Soll das heißen, dass Sie mich von diesem Fall befreien wollen?«

»Nein.« O'Donnell setzte sich wieder aufrecht hin. »Das soll es ganz und gar nicht heißen. Wir sollten uns da andere Alternativen überlegen.«

»Nein.« Don schüttelte den Kopf. »Das geht nicht. Die Zeit bleibt uns nicht mehr. Außerdem will ich das Amulett. Ich bin sein Erbe. Ich bin ein Wächter. Es gehört mir.«

O'Donnell fixierte ihn mit einem stechenden Blick. »Aber diese Azucena hat es offensichtlich nicht, also was wollen Sie von ihr? Steht sie nicht auf der anderen Seite?«

»Jetzt offenbar nicht mehr. Außerdem hat sie meine Verbündete und mich in Spanien am Leben gelassen. Ihr Auftreten war brutal und rücksichtslos, aber aus irgendeinem Grund hat sie uns dann verschont.«

»Sie ist eine Söldnerin, Don. Darauf weist alles hin. Sie hatte keinen Killerauftrag, also ist sie mit ihren Leuten nach getaner Arbeit verschwunden.« Jack O'Donnell griff wieder zu seinem Kugelschreiber und tickte damit auf den Schreibtisch. »Nun ja, ich kenne Ihren Dickkopf, Don. Aber denken Sie daran, dass das Ganze mit absoluter Sicherheit eine Falle ist.«

»Dann fliege ich also in die Schweiz?«

O'Donnell nickte, schränkte dann jedoch ein: »Aber ich möchte Sie dort nicht völlig allein operieren lassen.«

»Wie meinen Sie das?«

»Ich werde dafür sorgen, dass Sie Unterstützung durch den Schweizer Geheimdienst erhalten.«

Don machte große Augen. »Ich dachte, die Schweiz sei neutral.«

Jack O'Donnell lächelte. »Das ist sie, aber diese ›Neutralität‹ erstreckt sich gewiss nicht auf eine Verbrecherorganisation wie die Höllensöhne.«

»Das meine ich nicht, Sir«, sagte Don. »Die Schweiz gehört nicht zur Europäischen Union und ist damit nicht Operationsfeld der ESI.«

»Wir haben in der Vergangenheit schon sehr gut mit den Schweizer Behörden zusammengearbeitet. Kostet mich nur einen Anruf, und die Sache ist geregelt. Unsere Beziehungen reichen auch bis in die Schweiz.«

Don konnte sich noch immer nicht für die Idee erwärmen. »Sie wissen, dass ich lieber allein arbeite.«

Jack O'Donnell lehnte sich wieder zurück. »Diese Leute werden sich nicht in Ihren Job einmischen, aber sie werden Sie unterstützen und vor Ort mit allem versorgen, was Sie brauchen – Waffen, Ausrüstung, Informationen.«

»Okay, aber die sollen sich im Hintergrund halten und mir nicht im Weg herumstehen.«

O'Donnell verdrehte die Augen. »Sie sind ein verdammter Sturkopf, aber das war Ihr Vater auch.«

»So etwas steckt wohl in den Genen.«

»Und Sie haben auch noch etwas von Ihrer Mutter mitbekommen.«

Don schaute seinen Vorgesetzten an und murmelte: »Sie war auch etwas ganz Besonderes. Und sogar für mich ist sie so etwas wie ein Rätsel geblieben. Sie sehen also, dass ich noch einiges nachzuholen habe.«

»Tun Sie das. Aber vergessen Sie darüber Ihren Job nicht.«

»Keine Sorge, Sir. Jedes Rinnsal mündet irgendwann mal ins Meer, falls es nicht vorher versickert. So ist es auch bei mir. Es kann viele Verzweigungen geben, doch an einer bestimmten, mir noch unbekannten Stelle treffen alle zusammen.« Don schaute auf die Uhr. »Und jetzt muss ich mich auf den Weg machen. Man soll schließlich auch seine Feinde nicht warten lassen, Sir!«

Flughafen Heathrow. Internationale Drehscheibe des Luftverkehrs. Ein gewaltiges Areal, in dem man sich leicht verirren kann, vor allem, wenn man unter Zeitdruck steht.

Das war bei Don Harris nicht der Fall. Seine Reisetasche war gepackt. Eine Waffe hatte er nicht mitgenommen. Er würde eine von dem Schweizer Kontaktmann erhalten, das hatte ihm O'Donnell noch gesagt.

Es war nicht mal Mittag, und durch die zeitliche Verschiebung würde Don eine Stunde hinzugewinnen. Er hatte bereits eingecheckt, saß im Warteraum, hielt eine Zeitung in den Händen, las aber nicht, denn es war besser, wenn er sich die Menschen anschaute, die ebenfalls mit der Maschine fliegen wollten.

So sehr er sich auch anstrengte, er konnte keinen

Fluggast entdecken, der ihm negativ aufgefallen wäre. Das besagte nichts, denn auch er schaute den Menschen nicht hinter die Stirn, trotz seiner Fähigkeiten und des dritten Auges.

Der Flug würde nicht lange dauern, und Harris nahm sich vor, sich zu entspannen und etwas auszuruhen. Er zählte zu den Menschen, die vorschlafen konnten. Um diese Eigenschaft beneideten ihn manche, aber das hatte er sich antrainiert.

Hin und wieder nahm er einen Schluck von dem Automatenkaffee, der leicht bitter schmeckte. Zwei Sitze weiter hatte es sich eine Familie aus der Schweiz bequem gemacht. Wenn er die Eltern reden hörte, wurde er wieder an die Stimme des Anrufers erinnert. Gern hätte er gewusst, wem diese Stimme gehörte, doch das würde zunächst noch ein Rätsel bleiben. Wie es eben so viele Rätsel in seinem Leben gab.

Am Ausgang sah er, dass sich zwei Mitarbeiterinnen bereit machten, um die Passagiere abzufertigen. Kontrolliert worden war genug, es wurden nur noch einmal die Personalausweise und Tickets gecheckt.

Handgepäck hatte Don nicht mehr dabei. Er ließ die Schweizer Familie vorgehen und schlenderte als einer der Letzten durch die Kontrolle. Wenig später schritt er die Gangway zur Maschine entlang.

Die Flugbegleiterin lächelte, als würde sie gerade ihn besonders begrüßen, und man wollte ihm sogar bei der Platzsuche behilflich sein, was Don freundlich ablehnte. Er als Vielflieger kannte sich ja aus.

Don saß weit vorne, weil für ihn die Business Class gebucht worden war. So hatte er seine Ruhe, denn auch der Sitz neben ihm blieb frei.

Natürlich war Don Harris etwas angespannt, was man ihm jedoch nicht ansah. Er versuchte, einen möglichst gleichgültigen Eindruck zu machen, schnallte sich an und wartete auf den Start.

Es lief alles wie immer. Oder zumindest wie bei den meisten Flügen. Probleme gab es nicht, und als die Maschine ihre Flughöhe erreicht hatte, kippte Don den Sitz zurück, um eine bequemere Haltung einzunehmen. Er hoffte, bis zur Landung eine Mütze voll Schlaf nehmen zu können.

Das Wetter spielte mit, es gab keine Turbulenzen, und auch über Zürich schien die Sonne. Selbst über den Alpen gab es in dieser Hinsicht keine Probleme.

Die Maschine flog ruhig, und Don schloss tatsächlich die Augen und war Sekunden später eingeschlafen. Die Zeitschrift, in der er noch hatte blättern wollen, rutschte über seine Knie hinweg und fiel zu Boden.

Nichts störte seine Ruhe, bis zu dem Augenblick, als er die Flüsterstimme hörte.

»Don«, sagte jemand.

Harris zwinkerte.

Die Stimme erklang wieder, war aber auch weiterhin nur ein Hauch. »Wenn du willst, kannst du die Augen geschlossen halten, aber gibt durch ein Nicken bekannt, dass du alles verstehst, was ich dir sage.«

Don tat es. Mehr nicht. Er wartete ab. Zwar hielt er die Augen geschlossen, aber er war hellwach, und er hatte die Flüsterstimme erkannt, obwohl ihm das verrückt vorkam. Er wusste, wer mit ihm Kontakt aufgenommen hatte. Die Stimme war die einer Frau, und zwar einer ganz bestimmten Frau.

Elektra!

Das war einfach verrückt, aber Elektra hatte es geschafft, mit ihm Kontakt aufzunehmen, und was er normalerweise als unmöglich und lächerlich abgetan hätte, das nahm er nun als Tatsache hin. Es war Elektras Stimme, und er fragte nicht, wieso und weshalb dies passierte, doch er öffnete die Augen und schaute sich um, ohne den Kopf großartig zu bewegen. Niemand sollte seine Blicke bemerken.

Elektra war nicht da!

Er schaute in den Mittelgang und sah die Passagiere. Einige lasen in ihren Zeitungen und Zeitschriften, andere hielten die Augen geschlossen, wieder andere unterhielten sich leise mit ihrem Nachbarn. Auch die Fluggeräusche hatten sich nicht verändert, und eine Elektra sah er nicht.

Trotzdem ging er davon aus, keiner Täuschung zu erliegen.

Don rutschte auf den freien Sitz neben seinem, von wo aus er einen besseren Blick in den Gang hatte.

Auch da war nichts zu sehen. Es gab keine Elektra hier im Flieger.

Zugleich aber spürte er den Druck hinter seiner

Stirn, und er wusste genau, was das zu bedeuten hatte. Sein drittes Auge meldete sich an. Er war der Erbe, er war der Wächter, er war der Seher. Elektras Stimme war keine Täuschung gewesen. Sie war für ihn noch ein Rätsel, aber sie stand auf seiner Seite und hatte ihm gewisse Geheimnisse offenbart.

Don rückte wieder zurück auf den Platz am Fenster. Er wusste, dass sein drittes Auge zu sehen war, und es zeigte sich in einer besonderen Farbe, die zwischen rot und violett lag. Zugleich war es ein Kantstein, um eine Verbindung zu einer Welt zu schaffen, die so leicht nicht zu begreifen war.

Er blieb sehr ruhig sitzen. Das Erscheinen des dritten Auges hatte etwas mit der schönen Elektra zu tun, und Don empfand es irgendwie als beruhigend, ihre Stimme gehört zu haben. Er wusste sie in seiner Nähe, obwohl er sie nicht sah.

»Schau aus dem Fenster – bitte!«

Don Harris zuckte zusammen, als er die Stimme erneut vernahm. Sehr bedächtig drehte er den Kopf nach rechts, um nach draußen zu schauen.

Eine helle und blaue Welt lag vor ihm. Eine Weite, in der sich der Blick verlor. Aber da gab es etwas, das nicht in dieses Bild hineinpasste.

Im Fenster, draußen oder vielleicht auch drinnen, sah er die Frau. Eine geisterhafte Erscheinung. Blass und trotzdem kompakt wirkend. Ein Gesicht mit intensiv blickenden Augen. Ein Mund, dessen Lippen zu einem Lächeln verzogen waren.

»Elektra«, flüsterte er.

»Wer sonst?«

»Aber du … du … bist … ich weiß es nicht …«

»Nicht alles auf einmal«, lautete die Antwort. »Wenn du den Kontakt mit mir aufrechterhalten willst, brauchst du nicht unbedingt zu sprechen. Wir schaffen es auch auf einem anderen Weg, auf rein mentaler Ebene.«

»Trotzdem – ich rede lieber«, flüsterte Don Harris, »dann kann ich mich besser auf die eigenen Worte konzentrieren.«

»Auch gut.«

Don hatte seine Überraschung überwunden. Er fühlte sich besser und nahm alles so hin, wie es war. Er machte sich auch keine Gedanken über die Erscheinung. Elektra wusste genau, was sie tat, und er vertraute ihr, obwohl sie ihn im Stich gelassen hatte, wie er meinte.

Das dritte Auge war noch vorhanden, das konnte er sehen, weil sich sein eigenes Gesicht leicht im Fensterglas spiegelte. Es hielt die Verbindung zu Elektra aufrecht, und er entspannte sich noch mehr, um sich voll und ganz seiner besonderen Fähigkeit zu überlassen.

»Ich weiß, was geschehen ist, Don. Ich weiß auch, warum du in die Schweiz fliegst.«

»Wieso?« Er kam sich etwas dumm bei der Frage vor, aber er hatte sie stellen müssen.

»Du willst zu Azucena.«

»Ja, so ist es! Ich muss hin. Sie ist gefangen, und sie weiß, wo sich das Amulett befindet. Du hast dafür gesorgt, dass ich es finden konnte. Es hat mir die Augen geöffnet. Ich bin ein Wächter, aber ich war es nur für kurze Zeit, bis Azucena mit ihren Leuten kam – dann war alles vorbei.«

»Genau.«

»Und ich habe keine Hilfe von dir erhalten.«

Es hatte wie ein Vorwurf geklungen, den Elektra nicht auf sich sitzen lassen wollte.

»Manchmal ist es besser, wenn man einen anderen Weg geht, Don. Ich habe dich nicht einweihen können.«

»Was meinst du damit?«

»Ich rede von Azucena. Man kann sagen, dass sich ein gewisses Schicksal erfüllt hat, dessen Motiv tief in der Vergangenheit liegt.«

Don fühlte sich überfordert. »Wovon sprichst du eigentlich?«

»Ich möchte nur, dass du weißt, wie nahe ich dir stets bin.«

»Ja, das ist wohl gut, aber damit habe ich noch immer nicht das Amulett zurück. Das ist es doch, worauf es letztendlich ankommt. Oder sehe ich das falsch?«

»Nein, bestimmt nicht.«

»Wo ist es, Elektra? Du weißt es!«

»Zunächst ist es wichtiger, Azucena aus ihrer Gefangenschaft zu befreien. Das Amulett darf nicht in die Hände der Höllensöhne fallen. Wenn sie das Amulett besitzen, wird es für uns schwerer. Dann sind sie auf dem Weg, selbst Wächter zu werden. Willst du das?«

»Nie und nimmer!«

»Dann vergiss nicht, dass die andere Seite verdammt raffiniert ist. Wir aber müssen besser sein.«

»Danke, das weiß ich.«

Elektra lächelte. Für Don stand plötzlich fest, dass sie nichts mehr sagen würde. Er saugte ihren Anblick noch einmal in sich auf. Er sah ihr Lächeln, er sah die Augen, in denen ein Funkeln zu liegen schien, und auf einmal sah er nicht nur ihr Gesicht, sondern ihren ganzen Körper, der draußen neben der Maschine zu schweben schien.

Es war kein normaler Körper, eher ihr Astralleib, und der zog sich zurück, verwehte in der Luft, und Don war wieder allein.

Seine Hände glitten hoch zur Stirn, wo sich das dritte Auge gezeigt hatte. Die Fingerspitzen glitten über die Haut hinweg, ohne dass sie eine Erhebung oder Vertiefung spürten. So wusste Don, dass sein drittes Auge verschwunden war.

Er lehnte sich in seinem Sitz zurück, und seine Gedanken beschäftigten sich mit diesem Phänomen.

Er war ein Wächter, und sein Auge befähigte ihn dazu, dieser Aufgabe gerecht zu werden. Hinzu kam das Amulett, das ebenfalls für ihn bestimmt war. Wie er es einordnen sollte, konnte er noch nicht sagen, aber alles befand sich in Bewegung, alles drehte sich und formierte sich schließlich zu einem geschlossenen Kreis.

»Sie möchten etwas trinken, Sir?«

Don schrak zusammen und schaute nach links. Die Stewardess stand vor ihrem Wagen und hatte ihn angesprochen.

»Wasser, wenn möglich.«

»Gern.«

Don beobachtete die Frau sehr genau. Hatte sie etwas gesehen? War sie besonders auf sein Gesicht konzentriert und besah sich vor allem seine Stirn?

Nein, sie verhielt sich völlig natürlich, und die Freundlichkeit war auch nicht gespielt.

Wenig später trank Don Harris den ersten Schluck. Die kalte Flüssigkeit tat ihm gut. Er dachte über das Erscheinen Elektras nach. Er wusste, dass sie stets ihren eigenen Weg ging, wobei er davon ausging, dass sie sogar Azucena darin eingebunden hatte.

Es gab einfach noch zu viele Rätsel, und zu denen gehörten auch die Wächter. Wo kamen sie her? Wer hatte sie gegründet? Was war mit dem dritten Auge?

Er wollte nicht weiter über diese Fragen nachdenken. Die Lösung würde er so nicht finden, aber er war sicher, dass er sich Schritt für Schritt herantasten würde und dass die Vergangenheit, wenn auch nicht seine eigene, in seinem Leben noch eine große Rolle spielen würde. Eine Vergangenheit, die tief im Dunkel der Geschichte verborgen lag.

Er war unterwegs in die Schweiz, um sein Leben

für eine Frau zu riskieren, die eigentlich seine Feindin war.

Aber… war Azucena tatsächlich eine Feindin? Er konnte die Frage nicht mehr bejahen und sah ihr Verhalten inzwischen in einem ganz anderen Licht.

Sie hätte Elektra und ihn töten können.

Sie hatte es nicht getan.

Warum nicht? Sie stand auf der anderen Seite. Nur konnte er daran nicht mehr so recht glauben.

Er war noch gespannter auf das, was ihn in der Schweiz nach der Landung erwartete…

5

In der Zelle hatte sich scheinbar nichts verändert. Nach wie vor gab es die glatten Wände, die ebenfalls glatte Decke, das kalte Licht und die Pritsche, auf der Azucena lag wie eine Tote. Die Augen aber hielt sie geöffnet und schaute gegen die Decke.

Das Leben steckte voller Rätsel und Phänomene. Eines davon hatte sie erlebt. Die Stimme war plötzlich da gewesen, und sie hatte tatsächlich dieser Elektra gehört.

Getäuscht hatte sich Azucena nicht. Das war kein Wunschtraum von ihr gewesen und auch keine Einbildung. Elektra war in ihrer Nähe, aber sie zeigte sich nicht. Sie musste über Kräfte verfügen, die sonst kaum ein Mensch hatte.

Azucena spürte kein Gefühl der Feindschaft in sich, und auch Elektra schien so nicht zu empfinden.

Ein leises Lachen drang aus Azucenas Mund. Das Leben war wieder spannend geworden. Sie hatte sich fast damit abgefunden, in dieser Festung ihre letzten Stunden zu verbringen. Nun hatte sich ein Strahl der Hoffnung ergeben.

Elektra – ausgerechnet sie. Eine Feindin. Eine Frau,

die eigentlich auf der anderen Seite stand. Oder gab es doch etwas, was sie nicht wusste?

Da sie die Stimme der anderen nicht mehr hörte, konnte sich Azucena auf ihre eigenen Gedanken und Überlegungen konzentrieren. Eigentlich war Elektra für sie eine fremde Person. Das hatte sie auch noch bei dem Angriff auf die Finca gedacht. Wenn alles normal gelaufen wäre, hätte sie das Amulett an sich genommen und gleich vier Leichen hinterlassen. Elektra, Don Harris und das Personal.

Das hatte sie auch vorgehabt, aber sie hatte es nicht getan und war stattdessen nur mit dem Amulett verschwunden. Auch danach war ihr Verhalten anders gewesen, als sie es von sich selbst gewohnt war. Sie hatte den Pfad verlassen, der ihr eigentlich vorgeschrieben war. Sie hätte das Amulett abliefern müssen. Okay, das hatte sie auch getan, doch derjenige, dem sie es gebracht hatte, war gestorben, war von dem Amulett vernichtet worden, weil er sich als unwürdig erwiesen hatte. Und danach war alles anders gewesen. Azucena hatte einen völlig anderen Weg gewählt, und nun, da sie Zeit hatte, über sich und ihr Verhalten nachzudenken, wurde ihr das erst richtig bewusst.

Es hing auch damit zusammen, dass sich Elektra bei ihr auf diese geheimnisvolle Art und Weise gemeldet hatte, was für Azucena ebenfalls ein Phänomen war. Elektra hatte jegliche Aggressivität und Feindschaft vermissen lassen, und darüber musste Azucena ebenfalls nachdenken.

Nur ihre Augen bewegten sich. So gut wie möglich suchte sie ihre Zelle ab. Zu sehen war nichts, nur die kalten Betonwände.

Warum meldete sich die Geisterstimme nicht wieder? War das alles gewesen? Trieb man ein Spiel mit ihr? War Elektras Stimme vielleicht ein Trick der Höllensöhne gewesen? Wollte man sie nur verrückt machen? Oder …

Nein, das konnte Azucena nicht glauben. Da musste noch etwas nachfolgen. Sie brauchte Geduld, das war alles. Zeit genug hatte sie schließlich.

»Nun …?«

Azucena schrak zusammen, als sie die Stimme erneut vernahm. Mit einem Ruck richtete sie sich auf, und sie merkte, dass ihr Herz schneller klopfte.

In der Zelle war nichts zu sehen, aber die Stimme verwandelte sich in ein Lachen, das in der engen Zelle Echos zu erzeugen schien.

»Bist du es, Elektra?«, flüsterte Azucena.

»Wer sonst?«

»Wo bist du?«

»Bei dir.«

Azucena lachte. »Warum zeigst du dich dann nicht, wenn du bei mir bist? Warum holst du mich nicht aus dieser verdammten Zelle raus? Oder freust du dich, eine Feindin leiden zu sehen?«

»Feindin?«

»Ja, was sonst?«

»Ich glaube, dass du mal umdenken solltest.«

»Worüber?« Azucena sprach ins Leere. Elektra war auch nicht zu spüren. Nichts wies auf ihre Nähe hin, und trotzdem hörte Azucena ihre Stimme.

Hörte sie die Stimme wirklich? Oder vernahm sie Elektras Worte nur in ihrem Kopf?

»Du musst in dich hineinhorchen, Azucena. Du hast die Finca verlassen, ohne getötet zu haben – darüber solltest du mal nachdenken. Keine Leichen, obwohl man das sicherlich von dir erwartet hat. Warum hast du mich am Leben gelassen?«

Azucena fühlte sich ertappt, weil sie sich mit den gleichen Gedanken erst vor kurzem beschäftigt hatte.

»Antworte!«

»Ich weiß es nicht. Wir haben uns nicht gekannt, aber ich konnte plötzlich nicht anders handeln. Als hätte ich eine neue Bestimmung erhalten.«

»Nicht gekannt, sagst du?«

»Ja, das ist …«

Elektra lachte.

»Auch ich habe dich zunächst nicht wiedererkannt, Azucena. Auch ich dachte zunächst, eine Fremde vor mir zu haben. Erst später, als du schon weg warst, kam bei mir die Erinnerung.«

»Was erzählst du da?«, flüsterte Azucena verwirrt.

»Ich denke, dass du mir jetzt genau zuhören solltest. Wir kennen uns nämlich. Indirekt, meine ich. Nicht von Angesicht zu Angesicht.«

»Das verstehe ich nicht.«

»Kennst du deine Vergangenheit?«

»Ich ... ich wuchs ohne Eltern in einem Heim auf und ...«

»Das meine ich nicht«, unterbrach Elektra sie.

»Was dann?«

»Warte es ab ...«

Plötzlich zuckte Azucena zusammen, denn sie sah an oder in der gegenüberliegenden Wand eine Bewegung. Dort entstand ein nebliges Gebilde, das sich innerhalb von Sekunden veränderte und dann menschliche Gestalt annahm.

»Elektra ...«, flüsterte sie.

»Sehr gut.«

Azucena wollte sich erheben und auf die Erscheinung zugehen, aber Elektra befahl ihr, sitzen zu bleiben.

»Es hat keinen Sinn, wenn du mich anfassen willst. Ich bin vorhanden, aber trotzdem nicht da, denn ich habe im Laufe der Zeit gewisse Fähigkeiten entwickeln können.«

Azucena gehörte nicht zu den Frauen, die so schnell sprachlos wurden. In diesem Fall war es anders. Da versagte ihr die Stimme, und sie wusste nicht, was sie tun sollte.

Sie setzte darauf, dass die Feinstofflichkeit ihrer Besucherin verschwand, dass sie zu einem Wesen aus Fleisch und Blut wurde. Das trat leider nicht ein, und so schaute Azucena weiterhin gegen dieses schwache nebulöse Gebilde, bei dem das Gesicht allerdings schärfer hervortrat. Das war für sie auch wichtig.

Die Vorzeichen hatten sich verändert. Auf der Finca war sie die Überlegene gewesen, in der Zelle musste sie tun, was die andere Seite ihr vorgab.

»Keine Erinnerung, Azucena?«

»Ich … ich … weiß nicht …«

»Nun gut, das akzeptiere ich. Aber du erinnerst dich doch an dein Verhalten in Spanien?«

»Ja!«

»Warum?«, wisperte es ihr entgegen. »Warum hast du mich nicht getötet, nachdem du das Amulett an dich genommen hattest?«

»Ich habe keine Ahnung.«

»Wirklich nicht?«

»Nein …« Azucena hob in einer hilflosen Geste die Schultern. »Oder vielleicht doch? Es kam plötzlich über mich, aber ich kann nicht sagen, was es genau gewesen ist.«

»Eine Erinnerung, meine Teure.«

»Wie das?«

»Die Erinnerung an gewisse Gemeinsamkeiten, die es zwischen uns gegeben hat.«

Azucena schwieg.

»Du verstehst nichts?«

»Nein, wirklich nicht.«

»Es gibt Gemeinsamkeiten zwischen uns«, erklärte Elektra. »Unser beider Herkunft liegt im Dunkeln, aber beide sind wir etwas Besonderes. Ich weiß auch erst seit kurzem Bescheid, als mir die Augen geöffnet wurden.«

»Wer hat das getan?«

»Das Amulett. Es befand sich mal in meinem Besitz, und auch du hast es gehabt. Aber du hast es nicht den Höllensöhnen überlassen, und das hat seinen Grund.«

»Welchen?« Die Spannung in Azucena nahm immer mehr zu. Sie glaubte, vor einem neuen Kapitel ihres Lebens zu stehen, und dass man sie in diese Festung eingesperrt hatte, war plötzlich zweitrangig geworden.

»Der Grund liegt tief in der Vergangenheit begraben. Einige Jahrhunderte zurück, als Europa noch ein anderes Gesicht hatte. Wir sind in einem anderen Leben in einem Harem aufgewachsen und dort ausgebildet worden. Der Okzident, Europa also, lag damals im Tiefschlaf. Das wahre Wissen stammt aus dem Orient, aus den arabischen Ländern. Dort beschäftigte man sich bereits mit Chemie, mit Physik, mit Philosophie und auch mit Magie und Mystik. Zu dem Wissen dieser Menschen gehörten auch die Kenntnisse der Vergangenheit, und wir beide wurden als besondere Menschen ausgesucht und ausgebildet. Wir waren diejenigen, die die Wächter bewachen und auch schützen und dafür Sorge tragen sollten, dass eine bestimmte Blutlinie nicht unterbrochen wurde. Diese große Aufgabe kam schließlich aber nur mir zu, ohne dass ich besonders darum gebeten hätte. Man hat sich eben für mich entschieden, was vielleicht dein Pech war.«

Elektra verstummte auf einmal. Sie ließ der anderen

Zeit, sich ihre eigenen Gedanken zu machen, und das tat Azucena auch.

Ihr Verhalten änderte sich. Eine starke Unruhe hatte sie ergriffen. Sie bewegte ihre Hände über die Oberschenkel hinweg, und in ihrem Kopf wirbelten die Gedanken.

»Ich habe damals schon gelebt?«, fragte sie schließlich.

»Ja.«

»Dann bin ich wiedergeboren worden?«

»Du hast es erfasst.«

Azucena stöhnte auf und ließ sich nach hinten fallen, um sich gegen die kalte Betonmauer zu lehnen. Ein Stöhnen verließ ihren Mund. Für einen Moment dachte sie wieder daran, dass ihre Zelle bestimmt überwacht wurde, aber wer seinen Astralleib einfach erscheinen lassen konnte wie Elektra, der wurde auch mit solchen technischen Spielereien fertig. Wahrscheinlich zeigten die versteckten Kameras den heimlichen Beobachtern noch immer Azucena, wie sie reglos auf der Pritsche lag.

»Okay, ich habe verstanden. Und es erklärt vielleicht mein Verhalten. Es war mein erstes Leben, das sich gemeldet hat. Es übernahm mich. Die Erinnerung steckte in mir, und deshalb habe ich das Amulett zum Schluss auch wieder an mich genommen, statt es den Höllensöhnen zu überlassen.«

»Du bist auf dem richtigen Weg.«

Azucena überlegte. Sie schloss die Augen. Sie wollte

sich durch nichts ablenken lassen. »Ja, da ist etwas gewesen. Ich habe es in der letzten Zeit erlebt. Urplötzlich tauchten Bilder und Szenen auf, mit denen ich nichts anfangen konnte. Sie entstanden in meinem Kopf, und sie waren mir sehr fremd. Aber jetzt weiß ich, was passiert ist. Ich habe schon mal gelebt und wurde zu einer Leibwächterin ausgebildet. Zu einer Beschützerin. Es gab die Wächter damals schon, und ich sollte sie vor ihren Feinden schützen, so wie du auch. Stimmt das?« Sie öffnete die Augen wieder und schaute die feinstoffliche Gestalt an.

»Ja, es stimmt. Aber nur eine konnte die Wächterin werden, und die Wahl fiel auf mich.«

Azucena nickte. »Auch das habe ich in Fragmenten gesehen, aber ich habe dich nicht erkannt. Alles war zu schwach.«

»Auch ich habe dich nicht gleich erkannt, Azucena, denn das alles liegt so lange zurück. So viel habe ich erlebt seit damals.«

»Bist du dann auch wiedergeboren worden?«

»Nein, ich nicht.«

»Sondern?«

»Ich habe weiterhin gelebt.«

»Bitte?«

»Ja, ich war in all den Jahrhunderten immer in der Nähe der Wächter oder zumindest eines Wächters. Das ist auch jetzt meine Aufgabe, und diesmal heißt mein Schützling Don Harris, den ich von klein auf kenne.«

»Bist du immer bei ihm gewesen?«, flüsterte Azucena erstaunt.

»Nein, aber bei seinem Vater.«

Azucena öffnete wieder die Augen. »Sag nur nicht, dass er auch ein Wächter war?«

»Doch, er war es.«

»Und weiter?«

Elektra musste lächeln bei der Erinnerung an Sir Edward. »Er hat sich sogar in mich verliebt, obwohl er nicht wusste, wer ich in Wirklichkeit bin. Manche bezeichnen mich als eine Hexe, ohne zu wissen, wer und was ich wirklich bin. Dons Vater dachte sogar daran, mich zu heiraten. Da aber trat Elaine von Glastonbury in sein Leben, und beide verliebten sich unsterblich ineinander. So zog ich mich zurück, ohne jedoch ganz zu verschwinden, denn meine Aufgabe musste ich weiterhin erfüllen. Wer einmal vom Schicksal auserwählt ist, kann nicht mehr zurück.«

Azucena nickte. »Ich habe begriffen. Ja, ich weiß jetzt, dass wir etwas Besonderes sind. Du mehr als ich, denn ich habe über meine Vergangenheit nicht Bescheid gewusst, und ich gebe zu, dass ich an die falschen Leute geraten bin.« Sie hob die Schultern. »Mir ist unklar, ob die Höllensöhne über mich Bescheid gewusst haben oder nicht.«

»Wie bist du an sie geraten? Oder wie sind sie auf dich aufmerksam geworden?«

»Durch meinen Beruf.« Sie schlug sich gegen die Stirn. »Wenn ich jetzt darüber nachdenke, war wohl alles Fügung. Da hat sich der Kreis plötzlich geschlossen. Ich habe für verschiedene Geheimdienste gearbeitet und für sie die Drecksarbeit erledigt. Und ich habe mich auch als Söldnerin verdingt. Nicht in Kriegen – zumindest nicht in richtigen Kriegen, sondern in solchen, die im Hintergrund ablaufen. Man konnte mich mieten, und das hat auch Ziegler getan. Ich sollte für ihn das Amulett besorgen. Dass er und seine Leute sich Höllensöhne nennen, hat mich nie sonderlich gestört.«

»Du hast es vorhin schon richtig ausgedrückt: Der Kreis hat sich geschlossen. Aber die Höllensöhne wollen immer noch das Amulett. Wenn sie es haben, sind sie möglicherweise in der Lage, die Wächter auszuschalten. Zum Glück ist deine Bestimmung so eben noch zum Vorschein gekommen.«

»Ja, das ist wohl wahr.«

»Und wo befindet sich das Amulett?«

»Ganz einfach: Ziegler will Don Harris in eine Falle locken. Er will, dass er hier in die Festung kommt und ihm das Amulett übergibt. Ich denke, dass er bald hier erscheinen wird, aber er wird das Amulett nicht haben. Es befindet sich …«

Azucena verstummte plötzlich, denn sie hatte an der Tür ein Geräusch gehört.

»Es kommt jemand!«

»Ich weiß. Mach dir keine Sorgen.«

Azucena schaute wieder auf Elektra. Die war noch für den Bruchteil einer Sekunde als feinstoffliche Erscheinung zu sehen, dann war sie weg. Gleichzeitig wurde die Tür heftig aufgestoßen.

Auf der Schwelle stand Jean Ziegler, begleitet von zwei schwer bewaffneten Männern …

Eiswasser schien auf einmal durch Azucenas Körper zu fließen. Dennoch bemühte sie sich, so normal wie möglich zu wirken.

Ziegler betrat die Zelle noch nicht. Auf der Schwelle blieb er wie ein witternder Bluthund stehen, bewegte seinen Kopf und schaute sich um.

Er suchte die Zelle ab, und Azucena dachte wieder daran, dass man sie sehr wahrscheinlich überwachte. Hatten seine Männer doch etwas mitgekriegt von Elektras Besuch?

Doch dann wäre sein Verhalten sicherlich ein anderes gewesen, denn seine Haltung wies auf eine gewisse Unsicherheit hin.

Azucena sagte nichts. Sie ließ die Sekunden verstreichen, bis Ziegler einen Laut von sich gab, der sich wie ein Knurren anhörte, bevor er seinen Blick auf die Gefangene richtete. Er blieb auch nicht stehen, sondern ging mit kleinen, aber festen Schritten auf Azucena zu.

Dicht vor ihr blieb er stehen, die Arme angewinkelt, die Fäuste in die Seiten gestemmt.

»Was war los?«

»Nichts.«

»Was war los?«, wiederholte er seine Frage, und Azucena ging auf, dass Ziegler und seine Leute zwar etwas gesehen, aber nicht die Wahrheit erkannt hatten, und daran hatte er zu knacken.

Sie gab sich harmlos. »Pardon, ich weiß nicht, was Sie meinen.«

Ziegler atmete heftig durch die Nase aus. »Verdammt noch mal, ich will wissen, was hier geschehen ist.«

»Nichts, ich bin allein.«

Er konnte nicht mehr an sich halten. Sein Gesicht verzerrte sich in ohnmächtiger Wut, dann verlor er die Beherrschung und schlug zu. Es war ein ansatzlos geführter Hieb, der gegen Azucenas linke Wange klatschte.

Sie hatte Mühe, einen Schrei zu unterdrücken. Seitlich flog sie zurück, streifte mit dem Kopf noch die Wand und fiel auf die harte Pritsche.

Hart presste sie die Lippen zusammen. Azucena war es gewohnt zu kämpfen und konnte auch manches einstecken. Jammern stand nicht auf ihrem Programm. Aber sie vergaß auch nichts.

Sie drehte den Kopf, um Ziegler anzuschauen.

Hätten Blicke töten können, wäre er auf der Stelle zusammengebrochen und hätte sich nicht mehr erhoben. So aber blieb er stehen, hochrot im Gesicht. Er neigte sich zu ihr herab. »Ich mach dich fertig, wenn ich nicht die Wahrheit erfahre!«

»Welche Wahrheit?«

»Was ist hier los gewesen?«

»Schauen Sie sich um. Es ist alles so wie zuvor. Oder hat sich was verändert?«

Erneut schrie er wütend auf. »Ja, es hat sich was verändert, und zwar dein Verhalten! Wir haben dich beobachtet, und so wie du dich benommen hast, benimmt sich niemand, der in einer Zelle eingesperrt ist!«

»Ach, wie hätte ich mich denn benehmen sollen?«

»Mit wem hast du gesprochen?«

»Vielleicht mit einem Gespenst! Glauben Sie an Gespenster?«

Zieglers Pranke verkrallte sich in ihren Haaren, und er riss sie hoch. Diesmal schlug er nicht in ihr Gesicht, sondern wuchtete ihren Kopf einige Male gegen die Wand, sodass sie doch aufschreien musste, weil die Schmerzen zu groß waren.

»Mit wem hast du gesprochen?«

Azucena konnte nicht mehr reden. Er ließ sie los, und sie sackte zusammen. In ihrem Kopf tobten die Schmerzen, und sie hatte das Gefühl, als würde ihr Schädel im nächsten Moment auseinanderplatzen.

Aber Ziegler verschwand nicht, er blieb neben ihr stehen.

Nur bekam sie das kaum mit. Dass Ziegler noch anwesend war, hörte sie am Klang seiner Stimme, aber er sprach nicht mehr mit ihr, sondern mit den beiden Wächtern, die an der Tür standen.

»Ich will Wasser haben!«

Azucena wusste, dass Ziegler nicht aufgeben würde, und sie wünschte sich fast eine Ohnmacht herbei.

Trotz ihres Zustands war sie noch in der Lage zu denken. Ziegler musste ihr Verhalten aufgefallen sein. Sie hatte ja nicht wie ein starrer Ast auf der Pritsche gesessen, als Elektra erschienen war, um sich mit ihr zu unterhalten. Sie hatte sich bewegt, sie hatte beim Reden den Mund geöffnet, und das hatten die Männer an den Schirmen nicht begreifen können.

Offenbar hatten sie Azucena also sehen, aber nicht hören können. Gab es also keine versteckten Mikrofone in der Zelle? Oder war es Elektra durch einen magischen Trick gelungen, diese auszuschalten?

»Kipp ihr das Zeug ins Gesicht!«, hörte sie wieder den Schweizer brüllen.

Azucena erwischte der kalte Schwall schon in der nächsten Sekunde. Sie hatte den Mund nicht mehr rechtzeitig schließen können, und so drang das Wasser auch in ihre Luftröhre, sodass sie husten musste.

Ziegler zerrte sie wieder in die Höhe, drückte sie mit dem Rücken gegen die Wand und blieb vor ihr stehen.

Azucena musste erneut husten.

»Ich werde dich fertigmachen – so lange, bis ich die Wahrheit von dir erfahren habe«, versprach Ziegler.

»Welche Wahrheit?«, keuchte sie.

»Wer war hier?«

»Keiner. Sie hätten es sehen müssen, wenn Sie mich schon überwachen, verdammt!«

»Du hast geredet.«

»Ja.«

»Mit wem?«

»Ich hab mit mir selbst gesprochen, verflucht! Ist es so schwer zu begreifen? Sie selbst haben die Tür verschlossen. Wie soll denn jemand hier reingekommen sein?«

Sie hatte einen schwachen Punkt bei Ziegler getroffen.

Er konnte nicht antworten, aber er packte wieder zu und schüttelte sie durch, sodass sich die Schmerzen in ihrem Kopf vervielfältigten und aus ihrem offenen Mund leise Schreie drangen.

»Wir könnten auch andere Methoden anwenden«, schlug einer der Männer vor. »Etwas härtere.«

Jean Ziegler überlegte. Er keuchte dabei, und Azucena fiel auf, dass er dabei auf ihre Brüste starrte. Sie trug ja nur ihre Reizwäsche.

Nach einigen Sekunden hatte er sich entschieden. »Nein, Folter hat keinen Sinn. Sie wird nichts sagen. Außerdem war nur sie auf dem Schirm zu sehen. Und hier kann sich keine zweite Person versteckt halten. Wir hätten sie auch sehen müssen, wenn sie die Zelle betreten hätte, verflucht.« Er ließ von Azucena ab.

Azucena zwinkerte und sah Ziegler in der Zelle auf und ab gehen. Er hatte die Hände zu Fäusten geballt. Jeden Quadratzentimeter der Wände suchte er ab und schaute auch gegen die Decke.

Schließlich trat er wieder auf Azucena zu. »Du hast Glück gehabt.«

»Wieso?«

»Es scheint wohl ein erster Zellenkoller zu sein, dass du schon anfängst, Selbstgespräche zu führen.«

»Ja, kann sein«, flüsterte sie matt. »Es ist schlimm für mich, gefangen zu sein.«

»Das hättest du dir vorher überlegen sollen. Du hast zu uns gehört und uns dann verraten. So etwas vergessen wir nicht, und ich kann dir versprechen, dass du noch um Gnade winseln wirst.«

Sie gab keine Antwort, aber in ihrem Innern wuchs der Hass auf Ziegler. Noch immer rannen ihr Wassertropfen von der Stirn in die Augen. Mit einer fahrigen Bewegung wischte sie sie weg.

Jean Ziegler starrte auf sie nieder. »Ich kann es nicht beweisen«, flüsterte er, »aber irgendwas ist hier passiert, das weiß ich genau. Und ich werde auch noch herausfinden, was.«

»Es war nichts.«

»Das werden wir noch sehen!« Mehr sagte Ziegler nicht. Er gab seinen beiden Männern ein Zeichen. Gemeinsam schritten sie zur Tür. Ziegler verließ die Zelle als Letzter. Zuvor drehte er sich noch mal um. »Du wirst noch böse Stunden erleben, Azucena, das schwöre ich dir …«

Sie gab keine Antwort, aber sie war froh, dass die drei Typen endlich verschwanden.

Langsam ließ sie sich wieder zurück auf die Pritsche sinken. Die Haare und das Gesicht waren noch immer nass, und ihr taten der Kopf und die Wange noch immer weh.

Doch sie dachte an Elektra, und sie wusste, dass die Stunde ihrer Rache kommen würde.

»Irgendwann«, flüsterte sie, »werde ich dich kriegen, Ziegler. Und dann kann dir nicht mal der Teufel helfen …«

6

Don Harris landete ohne Zwischenfälle in Zürich. Es herrschte ein prächtiges Urlaubswetter, und auch in den Alpen würde es nicht anders sein. Es würde ein herrlicher Tag werden.

Bis zum Weiterflug in die Nähe von St. Moritz hatte Don Harris noch Zeit, die er an einem freistehenden Imbiss verbrachte.

Er bestellte sich einen Kaffee und auch zwei kleine Croissants, die mit Käse gefüllt waren. Er aß und trank langsam und hatte seine Umgebung immer im Blick.

Don ging davon aus, dass er von den Höllensöhnen beschattet wurde. Auch wenn er sie nicht sah, sie waren überall, denn sie waren Profis, die immer die Kontrolle behalten wollten.

Nachdem auch das zweite Croissant gegessen war, meldete sich plötzlich sein Handy.

»Ja ...«

»Hat es geschmeckt?«

»Danke der Nachfrage, Mr Namenlos. Und wie geht's jetzt weiter?«

»Es ist alles noch im grünen Bereich.«

»Wie schön.«

»Ja, wir nähern uns allmählich dem Ziel.«

»Dann ist ja alles paletti.«

»Das kommt darauf an, Harris. Ihre Freundin Azucena wartet schon sehnsüchtig auf Sie. Es ist in ihrer Zelle nicht eben bequem und ...«

»Sie ist nicht meine Freundin. Sie gehört zu Ihnen.«

»Nicht mehr.«

»Dann haben Sie ein Problem.«

»Ich denke eher, dass Sie eins haben, wenn Sie sich nicht weiter an die Abmachungen halten.«

»Sie meinen unser Treffen?«

»Ja.«

»Ich denke noch darüber nach.«

»Auf dem Corviglia herrscht herrlicher Sonnenschein. Ich warte auf Sie, Harris. Es wäre wirklich besser für Azucena, wenn Sie kämen. Sonst kann ich für nichts garantieren.«

»Keine Sorge, ich werde kommen. Wer immer mich beobachtet, Sie können ihn abziehen. Ich steige gleich in die Maschine nach Samedan.«

Der andere hörte nicht mehr zu. Er hatte die Verbindung unterbrochen.

Don nippte an seinem Kaffee und hätte gern mit London telefoniert, aber das wäre nicht gut gewesen, wenn er tatsächlich unter Beobachtung stand. Anrufe von einem Handy waren nicht unbedingt sicher. So ließ er es bleiben.

Hinter sich hörte er das harte Geräusch spitzer Absätze. Als er sich auf seinem Sitz umdrehte, sah er eine Frau in einer roten Lederjacke auf den Imbissstand zustöckeln. Sie zog einen Trolley hinter sich her, schien ziemlich außer Atem und stellte sich neben Don, ohne ihn zu beachten. Sie winkte mit der freien Hand den Wirt herbei. Zwischen ihren Fingern klemmte ein Hundert-Franken-Schein.

»Bitte, Madam?«

»Können Sie wechseln?« Die Frau sprach Französisch.

Der Wirt nickte lächelnd. »Natürlich, einen Moment.«

»Danke.«

Für Don hatte die Frau keinen Blick. Ihrem Verhalten nach hatte sie es sehr eilig.

Sie bekam den Schein gewechselt. Sogar Münzgeld war dabei, von dem sie fünf Franken als Trinkgeld abgab.

»Oh, merci.«

»Schon gut.« Wieder sehr hastig drehte sie sich um und streifte dabei Don Harris. Er spürte auch das Zupfen an der rechten Außentasche seiner Lederjacke, dann war die eilige Person verschwunden.

Der Wirt lächelte ihr nach. Unter der Lederjacke trug sie einen kurzen schwarzen Rock, der nicht nur viel von ihren schlanken Beinen sehen ließ, sondern auch ihren hübschen Hintern eng umspannte.

»So macht das Geldwechseln Spaß«, sagte Harris.

»Genau. Solche Gäste hätte ich gern öfter.«

»Ich möchte zahlen.«

»Gut.«

Don beglich die Rechnung. Die schmale Quittung steckte er in die rechte Seitentasche und stellte fest, dass sie nicht leer war.

Jemand hatte ihm einen Zettel zugesteckt. Der war kurz nach der Landung noch nicht dort gewesen.

Es reizte ihn, den Zettel herauszunehmen, um zu lesen, welche Botschaft man ihm hatte zukommen lassen. Das ließ er bleiben, denn die andere Seite beobachtete ihn sicherlich noch immer.

Es war Zeit für seinen Flug. Die Maschine wartete bereits auf dem Rollfeld.

Don Harris fand sich in einem der Flughafenbusse wieder. Zusammen mit Urlaubern und Geschäftsleuten.

Wenig später stieg er in einen kleinen Jet. Die Decke war so tief, dass ein aufrechtes Gehen nicht möglich war, und so war er froh, als er sich in seinen Sitz fallen lassen konnte.

Noch immer rechnete er fest damit, beobachtet zu werden. Dennoch standen seine Chancen besser, die Botschaft unbemerkt aus der Tasche zu holen.

Er faltete den Zettel auseinander und las die darauf gedruckten Buchstaben:

Checken Sie im Hotel Des Bains ein. Alles Weitere folgt.

Don Harris gestattete sich ein Lächeln. Er dachte an Jack O'Donnell, der wie immer alles perfekt vorbereitet hatte. Die Beziehungen der ESI reichten eben auch bis in die Schweiz.

Don wusste nicht, wie der unbekannte Anrufer reagieren würde, wenn er zunächst mal in diesem Hotel abstieg. Aber das war ihm egal. Vielleicht war es auch von Vorteil, den Burschen erst mal ein wenig hinzuhalten, damit ihm klar wurde, dass sich ein Don Harris nicht so leicht rumkommandieren ließ.

Don wollte den Zettel wegstecken, da sah er, wie die Worte darauf verschwanden. Die Farbe löste sich im Licht auf, und Don hielt auf einmal einen leeren Zettel in der Hand. Sehr clever. Seine ESI-Kollegen waren nicht auf den Kopf gefallen.

Während des Starts schaute Don aus dem Fenster. Diesmal erschien ihm keine Elektra, doch er ging davon aus, dass dies nicht ihre letzte Begegnung gewesen war. Er versuchte sich vorzustellen, wie seine Begegnung mit Azucena ausfallen würde. Dass sie auf seiner Seite stand, konnte er sich noch immer nicht vorstellen – nicht nach ihrem brutalen, rücksichtslosen Auftreten in Spanien.

Er sah die Berge in all ihrer gewaltigen Schönheit. Sie wirkten wie gemalt. Auf den meisten Gipfeln lag Schnee, den die Sonne glitzern ließ.

Egal, ob man ihn beobachtete, Don schloss trotzdem die Augen. Er war ein Mensch, der die Gunst der Stunde nutzte und immer dann schlief, wenn es sich ermöglichen ließ. In seinem Job musste man Ausdauer mitbringen und verdammt fit sein.

Den Imbiss lehnte er ab, da er ja gerade erst gegessen hatte, trank aber ein Glas Wasser, das ihm den Kaffeegeschmack aus dem Mund spülte.

Als sich die Maschine zur Landung senkte, wunderte sich Don, wie schnell die Zeit vergangen war, und als er in Samedan das Flugzeug verließ, freute er sich erneut über den herrlichen Sonnenschein, setzte aber trotzdem seine Sonnenbrille auf.

Taxen standen bereit, um die Passagiere zu ihren Zielen zu bringen. Die Hotelgäste wurden vom hauseigenen Service abgeholt, und Don hatte Glück, dass er gerade noch einen Platz im Wagen seines Hotels fand. Da saß er eingeklemmt zwischen russischen Touristen und musste die verschiedenen Duftrichtungen der Parfüms einatmen, in denen die Frauen offenbar gebadet hatten.

Er war froh, als er wieder aussteigen konnte. Als Gepäck hatte er nur seine Reisetasche dabei. Er schritt durch die Lobby auf die Rezeption zu.

Das Zimmer war für ihn gebucht und auch bezugsfertig. Es war sogar unter seinem richtigen Namen reserviert.

»Das klappt ja wunderbar«, sagte er lächelnd.

Die Frau hinter der Rezeption lächelte zurück. »Jemand wird Sie auf Ihr Zimmer begleiten.«

»Sehr nett, danke.«

Eine junge Frau in dunkelblauer Kleidung kam und brachte Don in die zweite Etage des klassizistischen Hotelbaus. Den langen und auch recht breiten Flur brauchten sie nicht sehr weit zu gehen; das Zimmer befand sich nicht weit vom Lift entfernt auf der linken Seite.

Don bedankte sich. Als er noch ein Trinkgeld gab, sagte die junge, sehr gut aussehende Frau: »Es wird gleich jemand bei Ihnen erscheinen, um Ihnen ein kleines Präsent des Hauses zu überreichen.«

»Oh, das ist nett.«

»Ich wünsche Ihnen einen angenehmen Aufenthalt.«

»Den werde ich wohl haben.«

In seinem Zimmer stellte sich Don an eines der Fenster und öffnete es weit. Der Blick in die Bergwelt war einfach herrlich. Kaum eine Wolke zeigte sich am Himmel, und der Sonnenschein des frühen Nachmittags lag wie ein helles Tuch über der Berglandschaft. Das roch nahezu nach Urlaub.

Dann wurde Don in seinen Landschaftsbetrachtungen gestört. Zwar kam niemand vom Hotel, aber sein Handy meldete sich.

Er konnte sich denken, wer ihn da anrief, und meldete sich mit: »Keine Sorge, ich bin angekommen.«

»Sehr gut. Und wo sind Sie jetzt?«

»In meinem Hotelzimmer.«

Die Antwort passte dem Unbekannten ganz und gar nicht. »Verdammt noch mal, wieso in einem Hotel?«

»Hören Sie mal, ich befinde mich in einer fremden Stadt. Soll ich unterm Baum schlafen?«

»Wie heißt das Hotel?«

»Ach, den Namen hab ich glatt vergessen. Ist doch auch nicht wichtig. Aber den Namen Corviglia habe ich behalten. Sie können sich ja schon mal 'nen Drink bestellen. Ich werde dann irgendwann eintreffen.«

»Harris!« Der Anrufer schäumte über vor Wut. »Übertreiben Sie es nicht!«

»Hören Sie, Mann: *Sie* wollen was von mir und nicht umgekehrt. Keine Sorge, wir treffen uns noch. Und dass Azucena nicht meine beste Freundin ist, sollten Sie jetzt ja wohl begriffen haben. Ach, und noch etwas: Ich hätte trotzdem gern ein Lebenszeichen von ihr, wenn wir uns treffen. Ein Foto mit der Zeitung von heute, das Übliche eben. Damit ich weiß, dass ich nicht ganz umsonst gekommen bin. Alles klar?«

»Wir sehen uns!« Damit beendete der Anrufer die Verbindung.

Don lächelte. Es ging ihm besser, denn er hatte den anderen in die Defensive getrieben. Den Gegner zu verunsichern war immer gut.

Es klopfte, und Don verhielt sich vorsichtig, als er die Tür öffnete. Ein Mann mit sonnenbrauner Haut stand vor ihm. Er trug eine weiße Jacke zur schwarzen Hose.

»Das Präsent, Sir.«

»Bitte, kommen Sie rein.«

»Danke.«

Der Mann ging mit dem Tablett in der Hand ins

Zimmer. Darauf stand eine kleine Flasche Sekt. Er stellte das Tablett auf dem Tisch ab – und richtete sich mit einer raschen Bewegung auf!

»Wir sind allein, oder?«

»Das hoffe ich doch.«

Der Mann reichte Don Harris die Hand. »Mein Name ist Peter Rigli. Hauptmann Rigli.«

»Verstehe.«

Bevor der Schweizer Geheimdienstmann fortfuhr, nahm er in einem der beiden Sessel Platz. Er strich über sein dunkles Haar und danach über die Bartschatten auf seinen Wangen. »Aus London wurden wir angerufen und gebeten, Sie voll und ganz zu unterstützen, Mr Harris.«

»Das hört sich gut an.«

»Ja, und Sie können sich auch auf uns verlassen.«

»Dann kann ich mich also an Ihre Leute wenden?«

Hauptmann Rigli legte die Hände zusammen und nickte. »Das können Sie in der Tat.«

Don überlegte. »Ich weiß nicht genau, was alles auf mich zukommen wird, Hauptmann Rigli, aber es wird kein Spaß sein, denn ich suche eine Frau, die entführt und hier in die Berge in ein Versteck geschafft wurde.«

»Sie sagten in den Bergen?«

»Ja.« Don ließ sich ebenfalls in einen der Sessel sinken. »Ich gehe davon aus, dass dieses Versteck in den Bergen liegt, und jetzt frage ich Sie, ob so etwas möglich ist.«

Don hörte eine Gegenfrage. »Was für eine Art Versteck soll das denn sein? Ein einsam liegendes Haus oder …«

»Nein, nein, das nicht. Das wäre zu einfach. In den Alpen eignet sich doch schon die Landschaft als Versteck. Oder wie sehen Sie das?«

Rigli lächelte. »Ich weiß nicht, auf was Sie hinauswollen, Sir.«

Don glaubte ihm nicht. »Okay, ich denke da mehr an einen der vielen Bunker, die sich in den Alpen befinden. Man weiß ja, dass die Schweizer Armee so etwas angelegt hat.«

»Ja, das erzählt man sich«, erwiderte der Hauptmann recht vorsichtig.

Don winkte ab. »Sie brauchen keine Sorge zu haben, dass ich mich für die geheimen Depots der Armee interessiere. Ich gehe aber davon aus, dass man die entführte Person in einem derartigen Bunker gefangen hält.«

»Das kann aber keiner sein, der noch von der Armee benutzt wird.«

»Das versteht sich. Gibt es nicht leerstehende Bunker oder welche, die nur zeitweise benutzt werden?«

Rigli wiegte den Kopf. »Ich kann das weder bestätigen noch verneinen. Aber ich glaube nicht, dass sich Ihre Gegner in einem Stützpunkt der Armee aufhalten. Das wäre uns längst aufgefallen.«

»Und was ist mit den verlassenen?«

»Dann sind Sie verlassen.«

Don Harris fand den Spruch nicht besonders witzig. »Ich bleibe trotzdem dabei. Es muss ja nicht ein Bunker sein, der von der Armee errichtet wurde. Wie mir bekannt ist, haben sich auch Privatleute solche Anlagen bauen lassen, sogar atombombensicher.«

»Aber nur wenige.«

»Einer würde mir reichen.«

Peter Rigli lächelte. »Sie sind hartnäckig, das merke ich schon. Sie vermuten also, dass sich die Gefangene in einem Bunker hier in der Nähe aufhält.«

»Die Zentralschweiz käme für mich nicht infrage. Und auch nicht das Wallis. Sonst hätte man mich nicht hierherbestellt.«

»Da haben Sie Recht. Aber ich kann Ihnen da nicht weiterhelfen. Meine Unterstützung sieht anders aus.«

»Und wie?«

»Wir lassen Sie schalten und walten. Das ist zwar ungewöhnlich für uns, aber unser Geheimdienst und die ESI sind ja sozusagen miteinander befreundet, und Kidnapper wollen wir hier in der Schweiz nicht haben. Wir werden Sie an der langen Leine halten. Das ist auch für Sie besser. Aber wir möchten darüber informiert sein, wo sie sich aufhalten. Daher werden sich ein paar unserer Agenten an Ihre Fersen heften und …«

»Nein, das möchte ich nicht.«

»Aber …«

»Kein Aber, Hauptmann.« Don starrte den Schweizer hart an. »Überwachung ja, aber anders.«

»Und wie?«

»Sie werden den Unbekannten beschatten, mit dem ich mich treffe. Das sollte ebenfalls in Ihrem Sinn sein.«

Rigli überlegte nur kurz. Er fragte dann: »Wie haben Sie sich das im Einzelnen vorgestellt?«

»Sie werden doch entsprechendes Gerät haben – Peilsender oder Wanzen. Das werde ich dem Burschen schon unterjubeln.«

»Das ist gut.« Der Hauptmann nickte. »Sagt Ihnen der Begriff Racon etwas?«

Don musste nicht lange nachdenken. »Ist das so etwas Ähnliches wie ein Transponder?«

»Ja, ein Gerät, das sendet, wenn es von einem Funkimpuls getroffen wird, den wir eingeben. Es benötigt deshalb keine Batterien und hat auch noch einen weiteren gewaltigen Vorteil: Das Gerät ist so klein, dass man es fast mit einer Lupe suchen muss, wenn es sich an der Kleidung eines Menschen befindet. Das wäre mein Vorschlag.«

Don Harris strahlte den Schweizer an. »Ich denke, wir liegen auf einer Linie. Und Sie haben das Gerät dabei?«

Rigli verzog den Mund zu einem spitzbübischen Lächeln. »Und ob ich es dabei habe.« Er griff in die Tasche und holte ein schmales Etui hervor, in das auch eine Uhr gepasst hätte.

Don beugte sich vor, um es besser in Augenschein nehmen zu können. Da es auf einem hellen Samtkissen lag, war es gut zu erkennen.

Ein normaler Daumennagel war mehrmals so groß wie dieses kleine Gerät. Es sah aus wie eine schwarze Perle, und seine Oberfläche war mit einer Haftschicht bedeckt.

»Zufrieden, Mr Harris?«

Don lächelte. »Ich denke schon.«

»Das freut mich. Man hat mir versichert, dass es funktioniert. Ich werde dafür sorgen, dass der Funkimpuls so bald wie möglich eingeschaltet wird.«

»Ja, tun Sie das.«

»Wann?«

»Sobald Sie mich verlassen haben?«

»Okay.«

»Dann können Sie zunächst meinen Weg verfolgen. Ich kann Ihnen aber direkt sagen, wo ich mich mit dem Unbekannten treffen werde. Auf dem Corviglia.«

»Gratuliere.«

»Warum?«

»Da haben Sie sich einen der schönsten Flecken Graubündens ausgesucht.«

»Es wird nur leider keine nette Feier werden.«

Wenig später hatte Rigli das Zimmer verlassen.

Don schaute auf die Uhr. Der unbekannte Geiselnehmer würde bestimmt schon mächtig kochen, aber das war Don Harris nur recht. Und er war gespannt, wie die andere Seite reagierte, wenn sie erfuhr, dass auch er das Amulett nicht hatte. Da konnte es schon eng werden für Azucena. Und auch für ihn selbst.

Aber das lag noch in der Zukunft …

7

Das Hotel »Des Bains«, in dem Don Harris untergekommen war, befand sich in St. Moritz Bad. Er musste nach St. Moritz Dorf hoch, was einen nicht sehr langen Spazierweg bedeutete. Dabei hätte er die Landschaft genießen können und auch den St.-Moritz-See, doch seine Gedanken nahmen ihn in Anspruch.

Nur die Bausünden fielen ihm auf, denn in diesen herrlichen Bergort hatte man manch hässliches Gebäude gesetzt.

Die Abfahrt der Corviglia-Bahn lag mitten in der kleinen Stadt. Um zu den Schaltern zu gelangen, musste der Besucher eine breite Treppe hoch in die Station.

Don löste eine Karte. Um diese Zeit wurde nur der halbe Preis genommen, und als er auf die Normaluhr an der Wand schaute, stellte er fest, dass die Bahn in knapp sieben Minuten abfuhr.

Er hielt seine Karte gegen ein Lesegerät an der Sperre und hatte freien Zutritt. Er ging die Treppe hoch und stieg bereits in die Bahn, die aus zwei Wagen bestand, in denen sich die Abteile befanden, die mehr Steh- als Sitzplätze boten. Über Dons Kopf schwebten Haltegriffe, aber es gab auch Stangen, an denen man sich festhalten konnte. Die Bahn stand nicht gerade, sondern schräg; eine Zahnradkette zog sie direkt in die Höhe.

Nur wenige Menschen wollten einsteigen. Im Sommer hielt sich der Touristenverkehr in Grenzen. Das sah im Winter anders aus, da lebte das obere Engadin von seinen Touristen, die natürlich das nötige Kleingeld mitbringen mussten.

Auch Wanderer ließen sich nicht so gern fahren, sondern genossen lieber die Bergluft. Wer um diese Jahreszeit in die Höhe wollte, besuchte zumeist eines der Restaurants auf dem Corviglia.

Don ging davon aus, beobachtet zu werden. Nur verhielten sich seine Verfolger recht geschickt und waren für ihn nicht zu sehen. Auch seine sensitiven Sinne schlugen bei ihm keinen Alarm.

Don konnte sich den Wagen aussuchen. Freie Plätze gab es genug, und so bestieg er den ersten. Er war allein, hatte sich aber das letzte Abteil ausgesucht.

Stehen oder sitzen – er konnte es sich aussuchen, und er entschied sich fürs Stehen. Als er sich zur Seite drehte, waren die beiden Männer da.

Sie mussten sich völlig lautlos bewegt haben und standen plötzlich neben ihm. Die Türen schlossen sich, ein leichter Ruck durchfuhr die Wagen, und Don hielt sich automatisch an einem der Griffe fest.

Das taten die beiden Männer auch. Nur dass einer von ihnen in der anderen Hand eine Pistole hielt, auf deren Lauf ein Schalldämpfer geschraubt war.

»Jetzt sind wir unter uns!«

Don schaute sich die Kerle an. Sie sahen gefährlich aus. Die breiten Schultern, die kantigen Gesichter, die kalten Augen. Er wollte sie nicht eben als Killer bezeichnen, aber Typen dieser Art verbreiteten immer den Hauch von Gewalt und Brutalität.

»Ja, sind wir«, sagte Don. »Es ist nur so, dass ich weder zu den Promis gehöre noch zum Jetset. Mit anderen Worten: Ich habe nichts bei mir, was einen Raub …«

»Halt dein Maul«, sagte der Typ, der keine Waffe trug – jedenfalls hielt er keine in der Hand. »Wir wollen deine Kröten nicht.«

»Das freut mich.«

»Wir wollen nur sehen, ob du sauber bist.«

»Geduscht habe ich und …«

»Schnauze!«

Don hob die Schultern.

Die Seilbahn befand sich auf dem Weg zur Mittelstation. Durch die großen Fenster wurde den Reisenden ein Blick auf die Landschaft gestattet. Dafür hatte Don im Moment nichts übrig. Für ihn waren andere Dinge wichtig. Es gab einiges, was er nicht mochte. Dazu gehörte es, wenn ihn fremde Typen abtatschten.

Dennoch ließ er es über sich ergehen. Der Typ war sehr nahe an ihn herangetreten. Sein Rasierwasser mochte Don nicht, die grapschenden Hände noch weniger. Don warf einen Blick auf den zweiten Kerl, der sich etwas entspannt hatte und dessen Pistolenmündung zu Boden wies.

»Ich bin kitzlig und auch nicht schwul!«, erklärte Don. Der Typ vor ihm hatte sich gebückt, um die unteren Regionen des Körpers abzutatschen, und dafür musste er eine entsprechende Haltung einnehmen.

Dons Kniescheibe traf ihn bretthart auf Oberlippe und Nase. Ein gurgelnder Laut war zu hören, Blut spritzte, und bevor der Pistolenmann etwas unternehmen konnte, schleuderte Don den anderen Typ auf ihn zu.

Beide taumelten zurück. Der eine hielt sich am anderen fest. Es sah beinahe lächerlich aus. Die Mündung der Waffe zielte nicht auf Don und auch nicht mehr zu Boden, sondern auf den zweiten Schläger.

Dons Karatefaust traf den Kopf des Pistolenmannes. An der Stirn platzte die Haut auf. Der Schädel des Kerls knallte gegen die Fensterscheibe, die dem wuchtigen Aufprall aber standhielt, und Don setzte noch mal nach, als der Kerl zurückgeworfen wurde und auf ihn zufiel.

Diesmal traf er ihn am Hals.

Zwei dieser Schläge hielt der Typ nicht aus. Er gab ein winselndes Geräusch ab und sackte in die Knie. Seine Augen bekamen einen glasigen Ausdruck, und schließlich setzte er sich wie ein braves Kind auf den Boden.

Der andere hockte auch, und zwar auf der Bank. Er hielt sich sein malträtiertes Gesicht. Aus dem Mund mit den blutigen Lippen drangen Stöhnlaute. Er war fertig. Bevor sich Don um ihn kümmerte, hob er die Pistole auf und steckte sie sich hinter den Gürtel.

»Ihr könnt euerem Boss bestellen, dass ich nur über ihn lachen kann. Mir zwei solche Idioten zu schicken, das ist schon eine Unverschämtheit. Für wen hält er mich?«

Er nahm auch die Pistole des anderen Mannes an sich und steckte sie ebenfalls ein. So beschwert wartete er darauf, dass die Bahn die Mittelstation erreichte und dort stoppte.

Es dauerte nicht lange. Die Türen konnten wieder geöffnet werden, und als Don aus der Bahn schaute, sah er fast das gleiche Bild wie unten, nur war es hier von der Bauweise etwas beengter.

Ein Paar passierte soeben seine Tür und ging auf den Ausgang zu. Don fasste die Gelegenheit beim Schopf und warf die beiden Typen aus der Bahn wie ein bärenstarker Salonwirt zwei randalierende Trunkenbolde. Auf den breiten Treppenstufen blieben sie liegen.

»Geht zu Fuß weiter!«, rief Don ihnen zu und stieg wieder ein. Er wusste nicht, was der Unbekannte von ihm hielt, aber diese beiden Idioten zu schicken, fand er doch unter seiner Würde.

Die Bahn setzte ihre Fahrt fort und zuckelte hinein in die freie Bergwelt. Dort standen keine Häuser mehr, und auch der aus Lärchen bestehende Wald wich zurück. Nur noch karge Gewächse krochen aus dem Boden, und Don sah auch die ersten Schneefelder, die ihr Weiß verloren hatten und mehr grauen, in der Gegend herumliegenden schmutzigen Planen glichen.

Don war gespannt, wer ihn erwartete, und er setzte zusätzlich auf seinen Transponder. Den musste er nur unauffällig an der Kleidung des Mannes befestigen.

Kurze Zeit später war das Ziel erreicht. Erneut schaute sich Don beim Aussteigen genau um. Er konnte die Station auf dem direkten Weg verlassen und ins Freie treten.

Ein Pfeil wies ihm die Richtung zum Restaurant. Der Weg führte an Reklametafeln vorbei. Die Sonnenterrasse, auf der sich im Winter die Touristen tummelten, war um diese Jahreszeit nicht geöffnet, obwohl noch Schneereste auf den rauen Holzbohlen lagen.

Aber es gab das große Restaurant, das in zwei Regionen unterteilt war. In der einen war das Essen preiswert, in der anderen, an der langen Fensterfront, verlangte man für Essen und Trinken happig Geld.

Don suchte sich einen Tisch am Fenster aus. Die ESI zahlte ja die Spesen, da konnte er es sich in seinem harten Job auch mal gut gehen lassen. Es befanden sich auch noch andere Gäste im Raum. Ob einer von ihnen der ominöse Anrufer war oder zu den Höllensöhnen gehörte, wusste Don natürlich nicht. Jedenfalls schien ihm keiner von ihnen übermäßige Beachtung zu schenken.

Als er sich setzte und nach rechts schaute, nahm ihn für einen Moment der atemberaubende Anblick gefangen, der sich ihm in Richtung Süden bot, zum Maloja-Pass hin. Dort führte die Straße durch das Bergell nach Italien.

Der Ober, ein schmalbrüstiger Geselle, brachte die Karte. Don wehrte jedoch ab und bestellte sich nur ein Wasser und einen dieser schmackhaften Schweizer Apfelsäfte. Beides mischte er miteinander, bevor er sich unter dem Tisch, sodass niemand es sah, die Waffen der beiden Ganoven vornahm. Er nahm die Magazine heraus und versteckte sie unter der Heizung am Fenster.

Ein Mann trat an seinen Tisch. Er trug einen dünnen schwarzen Ledermantel über dem dunkelgrünen Pullover.

»Harris?«

Don schaute auf. »Kennen wir uns?«

»Zumindest vom Telefon.«

»Und mit wem habe ich nun das Vergnügen?«

»Ich heiße Ziegler. Jean Ziegler.«

»Wenn ich jetzt antworten würde ›Angenehm‹, würde ich lügen.«

Ziegler zog seinen Mantel aus, hängte ihn jedoch nicht an der Garderobe auf, sondern legte ihn über die Lehne des neben ihm stehenden Stuhls. Beide Männer bedachten sich mit scharfen Blicken. Ziegler war weißhaarig. Die sonnenbraune Haut fiel in dieser Gegend nicht auf, dafür sein breiter Mund und darüber die kleine Nase. Sein Blick war hart und wirkte eiskalt.

»Sind Sie zufrieden, Ziegler?«

»Bis jetzt ja.«

»Aber ich nicht.«

»Dafür kann ich nichts.«

Don winkte lässig ab. »Bevor wir in die Details gehen, möchte ich Ihnen etwas geben.«

»Und was?«

Da gerade keiner zu ihnen schaute, holte Don die beiden Pistolen hervor und legte sie auf den Tisch. So gut wie möglich deckte er sie mit den Händen ab.

»Was soll der Unsinn?«

»Die zwei Krachmacher gehören Ihren beiden Mitarbeitern. Sie können die Typen übrigens an der Mittelstation abholen. Dort hocken sie und lecken ihre Wunden.«

Ziegler lächelte eisig, bevor er sagte: »Sie hätten Ihnen nichts getan.«

»O ja, das weiß ich, aber ich bin nun mal kitzlig. Sie verstehen? Also fassen auch Sie mich besser nicht an, klar?«

Ziegler schwieg ein, zwei Sekunden, dann sagte er: »Geben Sie schon her, verdammt!«

Der Schweizer nahm die Knarren an sich. Er legte sie auf die Sitzfläche des neben ihm stehenden Stuhls und schob das Leder des Mantels darüber. Als der Ober kam, bestellte sich Ziegler einen Kaffee und einen Pflümli, den er in die braune Brühe schüttete, umrührte und trank.

Don wartete, bis Ziegler die Tasse wieder abgestellt

hatte, dann meinte er: »Jetzt können wir endlich zur Sache kommen, oder?«

»Sicher.« Zieglers Blick wurde lauernd. »Wo haben Sie das Amulett?«

Harris lachte und schaute dabei durch die Scheibe in die prächtige Berglandschaft. »Falls Ihre beiden Typen das gesucht haben, muss ich Sie enttäuschen.«

»Das ist nicht gut.«

»Kommt darauf an.«

»Worauf?«

»Ob ich ein Lebenszeichen einer bestimmten Person von Ihnen erhalte, Ziegler.«

Der Schweizer griff in seine Innentasche und holte eine Zeitung hervor, die er auseinanderfaltete. Er hielt sie so hin, dass Don das Datum erkennen konnte.

»Und?«

»Die Zeitung ist von heute.« Ziegler griff ein zweites Mal in die Tasche und holte diesmal ein Foto hervor. Lässig warf er es auf den Tisch. »Es ist zwar eine alte Methode, aber sie überzeugt immer noch, denke ich.«

Don nahm das Foto. Die Zeitung darauf war gut zu erkennen. Azucena hielt sie in der rechten Hand. Sie war identisch mit der Zeitung vor ihm auf dem Tisch.

Azucena hockte vor einer grauen Betonmauer. Alles war trist und deutete auf eine Zelle hin. Die Frau trug nur Dessous, sehr aufreizende Unterwäsche. Sie hätte ungemein sexy gewirkt, wäre nicht ihr Gesichtsausdruck gewesen.

»Nun?«

Don ignorierte die Frage. Er konzentrierte sich auf das Bild. Auf der Finca in Spanien hatte Azucena ganz anders gewirkt, auf dem Foto aber ging von ihr nichts Aggressives oder Gefährliches mehr aus. Aber sie machte auch nicht den Eindruck, als hätte sie sich in ihr Schicksal ergeben. Gefoltert worden war sie offenbar auch nicht, obwohl ihre Lage schon sehr erniedrigend war. Doch sie schaute trotzig in die Kamera.

»Reicht Ihnen das, Harris?«

»Im Prinzip schon.«

»Sehr gut.«

Ziegler schnappte sich das Foto, steckte es wieder ein und lehnte sich zurück.

»Von meiner Seite her ist alles klar«, sagte er. »Jetzt sind Sie an der Reihe, Harris.«

Don lächelte kühl. »Ich verstehe Sie nicht recht, Ziegler. Nicht Sie persönlich jetzt, sondern das gesamte Prozedere. Ich weiß eigentlich gar nicht, warum wir beide uns hier gegenübersitzen. Okay, Sie wollen das Amulett und glauben, dass ich es habe. Im Gegensatz dazu befindet sich Azucena in Ihrer Gewalt. Eine recht geheimnisvolle und reizvolle Frau, wie ich zugeben muss, aber nicht eben meine Freundin. Sie und ihre Männer haben in Spanien eine Finca überfallen und meiner Bekannten und mir übel mitgespielt. Und sie haben mir etwas gestohlen, hinter dem offenbar auch Sie her sind, Ziegler. Wie kommen Sie darauf, dass ich das Amulett habe, wo man es mir doch gestohlen hat?«

Ziegler wurde wütend. Die Adern auf seiner Stirn schwollen an. »Kommen Sie mir nicht auf diese Tour!«

»Wieso Tour? Das ist die Wahrheit.«

»Das Weib spielte falsch!«, zischte der Schweizer.

»Ach?«

»Azucena hat mit Ihnen zusammengearbeitet. Sonst hätte sie das Amulett an uns übergeben.«

»Und das wissen Sie?«

»Lassen Sie den Spott, Harris. Azucena und Sie wollten uns reinlegen!«

Don lächelte. »Wer ist ›uns‹?«

»Das wissen Sie!«

Don nickte. »Die Höllensöhne.«

Ziegler beschoss ihn regelrecht mit eisigen Blicken. »Ich werde Ihnen keine genaue Auskunft geben, aber Sie sollten daran denken, dass wir verdammt mächtig sind.«

»Das habe ich schon erfahren, und ich weiß auch, dass das Amulett sehr wichtig ist. Aber Azucena gehört zu Ihnen. Sie steht nicht auf meiner Seite. Sorry.«

»Und das bedeutet?«

»Dass ich mir gewisse Dinge noch mal überlegen muss. Das Amulett scheint für Sie ebenso wertvoll zu sein wie für mich, nur ...«

Ziegler ließ Don nicht aussprechen. »Ich will es haben, und deshalb sitzen wir hier!«

»Und wenn ich es nicht habe?«

»Dann hat Azucena Pech gehabt.«

»Das heißt, sie wird sterben!«

Ziegler schob seine Tasse zur Tischmitte hin, damit er sich vorbeugen konnte. »Genau, Harris, sie wird sterben. Aber nicht so einfach. Sie wird leiden, bevor sie für alle Zeiten die Augen schließt. Eine Kugel wäre zu einfach. Ich möchte sie noch schreien hören, und auch Sie werden dieses Miststück schreien hören!«

Don nickte. »Dass Sie ein Schwein sind, hab ich mir schon gedacht, Ziegler. Nur ... wenn wir beide über Azucena sprechen, ist es für mich, als würden wir über eine fremde Person reden. Begreifen Sie endlich, dass mir die Puppe schnurzegal ist!«

Ziegler gab zunächst keine Antwort. Dann sagte er sehr leise: »Das meinen Sie nicht wirklich, Harris.«

»Doch.«

»Dann soll sie sterben?«

Don hob lässig die Schultern. Er hatte Ziegler in eine Zwickmühle gebracht. Azucena zu töten bedeutete ihm nichts. Aber er war hinter dem Amulett her. Es war für ihn und seine Organisation offenbar überlebenswichtig, deshalb musste er es in seinen Besitz bekommen.

Dass die Dinge so abliefen, konnte ihm nicht gefallen. Am liebsten hätte er auch Don Harris in seine Gewalt gebracht, um an ihm ein paar subtile Foltermethoden auszuprobieren. Doch seine zwei Männer hatten versagt, und so musste er sich mit den Tatsachen abfinden.

»Sie können sich ja die Sache noch mal durch den Kopf gehen lassen«, sagte Don und rückte seinen Stuhl zurück. Dabei stellte er sich etwas ungeschickt an. Mit dem Ellenbogen streifte er die leere Wasserflasche, die über die Tischkante kippte.

Sie landete auf Dons Oberschenkel und fiel von dort zu Boden. Harris bückte sich, um sie aufzuheben. Dabei gab er ihr bewusst einen kleinen Kick, damit sie weiterrollte.

Genau diese Gelegenheit nahm er wahr.

Der Mantel des Schweizers berührte mit dem Saum fast den Boden. Eine rasche Bewegung, und die leistungsstarke Miniwanze haftete daran.

Mit der Flasche in der Hand richtete sich Harris wieder auf.

Zieglers Blick brannte auf seinem Gesicht. »Sind Sie zu einer Lösung gekommen, Harris?«

Don lächelte und bejahte mit einem Nicken.

»Wie sieht sie aus?«

»Recht simpel: Ich brauche mehr Zeit. Sagen wir einen Tag, dann können wir wieder Kontakt miteinander aufnehmen.«

Der Schweizer vereiste. Es sah aus, als wäre er erstarrt. Er presste die Lippen so fest zusammen, dass sie einen dünnen Strich bildeten, und atmete nur durch die Nase.

»Und?«, fragte Don.

»Das soll ein Scherz sein!«

»Mit Ihnen scherze ich nicht, Ziegler.«

»Sie wollen Zeit gewinnen, Harris!«

»He, Sie wollen etwas haben, das ich angeblich besitze. Sicher sind Sie sich nicht. Und deshalb kann es sein, dass ich diesen Gegenstand, der sich in meinem Besitz befinden soll, erst noch besorgen muss. Ist doch nachvollziehbar, oder?«

»Sie bluffen!«

Don hob die Schultern.

»Ob ich bluffe oder nicht, ändert nichts an meinem Vorschlag. Morgen um diese Zeit können wir uns wieder treffen.«

»Und dann?«

»Besprechen wir die Details.«

Ziegler fixierte ihn mit seinen Blicken. »Dann geben Sie also zu, dass Sie das Amulett besitzen?«

»Pardon, das habe ich nicht gesagt. Ich habe Ihnen einen Vorschlag unterbreitet, und jetzt liegt es an Ihnen, ob Sie ihn annehmen oder ob ich zurück nach London fliege.«

Zieglers Atem zischte aus seinem Mund. »Ich weiß, wie man Sie bei der ESI nennt, Harris: den Psycho-Cop. Ist das so eine Art Psycho-Spiel, das Sie mit mir treiben wollen?«

Don blieb gelassen. »Spielchen treiben wollten Sie, Ziegler. Ich ändere nur ein wenig die Regeln.«

Ziegler stand auf. »Sie hören von mir!«, versprach er. Mit einer heftigen Bewegung schnappte er sich seinen Mantel und streifte ihn über.

Don schaute nur zu und sagte: »Ich übernehme

dann Ihre Rechnung, Herr Ziegler. Aber das nächste Mal zahlen Sie.«

Der Schweizer sagte nichts mehr. Mit langen Schritten stürmte er auf den Ausgang zu und drückte dem Ober einen Schein in die Hand.

Der Mann tauchte kurze Zeit später an Dons Tisch auf. »Der Herr hat die Rechnung übernommen.«

Don grinste. »Er ist eben ein sehr höflicher Mensch. Kennen Sie ihn? Ist er öfter mal hier?«

»Nein, der Herr. Er ist mir völlig unbekannt.«

Don Harris nickte. Ob das Treffen perfekt gelaufen war, musste sich noch herausstellen. Jedenfalls hatte er seinen Transponder bei dem Typen anbringen können, und für Don Harris war es auch wichtig gewesen, Zeit zu gewinnen, und das war ihm gelungen. Die nächsten Stunden würden entscheidend sein. Don musste sie nutzen.

Bevor er aufstand, schaute er sich nach den anderen Gästen um. Ob welche von ihnen zu Ziegler gehörten, ließ sich nicht feststellen.

In der Regel sahen die Leute aus wie Urlauber, die die herrlichen Berge genossen. Don aber wollte den Piz Corviglia verlassen, doch er nahm sich vor, diesen Flecken Erde noch mal im Winter zu besuchen. In dieser Jahreszeit pulsierte auf dem Berg das wahre Leben, auch wenn es sich nur wenige Menschen leisten konnten.

Don ging zur Bahn.

Er hatte Ziegler im Ungewissen darüber gelassen,

ob er Azucena nun befreien wollte oder nicht. Dabei stand sein Entschluss längst fest, denn er wollte auch herausfinden, wer diese Azucena in Wirklichkeit war.

Und es gab noch einen anderen und viel wichtigeren Grund: Nur sie wusste, wo sich das Amulett befand.

Jedenfalls versprach die nächste Zukunft nicht nur spannend, sondern auch lebensgefährlich zu werden …

8

Ohne Probleme erreichte Don sein Hotel, wandte sich nach rechts und betrat die mit zahlreichen Sitzgruppen ausstaffierte Bar, in der wenig Betrieb herrschte. Nur zwei der Tische waren besetzt. Die Gäste sprachen Russisch.

Der nächste Weg führte ihn auf sein Zimmer. Er öffnete es mit der Codekarte und betrat es recht vorsichtig. Es war alles so, wie er es verlassen hatte.

Kaum hatte Don die Tür hinter sich geschlossen, meldete sich sein Handy.

War das schon wieder Ziegler? Was wollte der Kerl noch von ihm?

Don holte sein Handy hervor, drückte die Anruf-Taste und hielt sich das Gerät ans Ohr.

Man ließ ihn erst gar nicht zu Wort kommen, denn die andere Stimme sagte: »Da sind wir aber erleichtert, dass Sie wieder zurück im Hotel sind, Don.«

»Ach, Sie sind es, Hauptmann Rigli.«

»Ja, wer sonst? Ich hatte Ihnen doch versprochen, dass wir zur Stelle sein würden.«

»Auch auf dem Corviglia?«

»Und sogar noch an der Seilbahn.«

»Dann wissen Sie Bescheid.«

»Sicher. Den beiden Typen wird es bestimmt noch eine Weile schlecht gehen.«

»Deren Sache. Darf ich fragen, wo Sie sich jetzt aufhalten, Hauptmann?«

»In Ihrem Hotel, nur drei Zimmer weiter. Es ist eine kleine Suite, und ich möchte Sie bitten, zu uns zu kommen.«

»Uns?«

»Ich habe noch zwei Spezialisten zu mir gebeten. Der Grund wird Ihnen schnell klar werden.«

»Okay, ich komme. Sonst ist die Luft hier im Hotel rein?«

»Unserer Ansicht nach schon, aber wir sind keine Hellseher.«

Don steckte das Handy ein. Trotz allem war er vorsichtig, als er den Flur betrat. Der Gang war menschenleer, aber Don hatte es sich angewöhnt, misstrauisch zu sein. Doch hier wartete niemand auf ihn, und sein besonderes Alarmsystem meldete sich auch nicht.

Anzuklopfen brauchte er nicht. Als hätte man ihn durch die geschlossene Tür gesehen, wurde ihm geöffnet.

»Kommen Sie, Don.«

Don Harris schlüpfte durch die Tür in eine Juniorsuite. Nach dem kurzen Flur gelangte man in zwei recht große Räume, von denen einer als Schlafzimmer diente.

»Wie ist es gelaufen?«, wollte Peter Rigli wissen.

»Sehr gut. Und mir ist es gelungen, Ziegler hinzuhalten.«

»Wie war der Name?«

»Ziegler – so nennt sich der Typ, der mit mir Kontakt aufgenommen hat und mich mit der Geisel erpressen will. Wir werden uns morgen noch einmal treffen.«

Der Hauptmann starrte Don perplex an. »Jean Ziegler?«

»Genau.«

»Ich hätte es mir denken können«, knurrte Rigli. »Ausgerechnet der, verdammt.«

»Sie kennen ihn?«

»Ja. Ziegler war während des Kalten Krieges als Doppelagent tätig. Hat die eine Seite an die andere verpfiffen und einige meiner Kollegen auf dem Gewissen. Wie es scheint, hat er sich jetzt selbstständig gemacht.«

Nicht ganz, dachte Don. Jetzt ist er für die Höllensöhne tätig!

Nur behielt er das für sich und sagte stattdessen: »Ich habe ihn heute auch zum ersten Mal getroffen und kann Ihnen nichts Genaues sagen. Nur dass der Mann gefährlich ist – das steht für mich fest.«

»Da sagen Sie was.« Peter Rigli wollte nicht mehr über Ziegler sprechen.

Im Wohnraum der Suite befanden sich noch zwei weitere Männer. Der eine war ein schmales Handtuch, auf dessen Kopf kein einziges Haar mehr wuchs. Durch die Nickelbrille sah er aus wie ein später Student. Er trug Jeans und eine Kapuzenjacke.

»Das ist Charly Bikker«, stellte ihn Peter Rigli vor.

Bikker grüßte den britischen Agenten mit einem knappen Anheben der Hand.

»Hi«, sagte Don.

Der andere Mann wurde ihm als Claude Schneider vorgestellt. Er hatte dichtes schwarzes und leicht glänzendes Haar. Seine Haut war tief gebräunt, und er nickte Don nur zu, um sich anschließend mit seinem Kasten zu beschäftigen, der etwa die Größe eines alten Radios und in der Mitte einen Monitor hatte.

Peter Rigli führte Don ins angrenzende Zimmer, wo sich das Bett befand. Auf einem kleinen Tisch standen mehrere Flaschen. Sie waren mit verschiedenen Säften gefüllt. Don entschied sich wieder für einen dieser prickelnden Schweizer Apfelsäfte, die er so gern trank.

Hauptmann Rigli nahm Wasser. Beide Männer verzichteten auf Gläser.

»Und nun?«, fragte Don.

Don nahm auf der Bettkante Platz. »Hoffen wir, dass der Transponder funktioniert.«

»Wir warten auf das erste Signal. Claude Schneider ist dafür eine Art Spezialist.« Hauptmann Rigli lehnte mit dem Rücken gegen die Wand. »Glauben Sie, dass sich Ziegler an die Abmachungen hält?«

»Ich setze darauf. Er will ja etwas von mir.«

»Darf ich fragen, was?«

»Können Sie, aber ich kann Ihnen leider keine Antwort geben. Das ist ESI-Angelegenheit – kein Misstrauen gegen Sie.«

»Verstehe. Aber es ist richtig, dass Sie eine entführte Person – eine Frau – befreien wollen, ja?«

Don nickte. »Ich habe Ziegler zwar auf den morgigen Tag vertröstet, aber ich werde heute Abend bereits in Aktion treten.«

Rigli starrte Don an. »Was haben Sie vor? Und wie wollen Sie die gekidnappte Frau finden?«

»Deshalb habe ich ja den Transponder angebracht. Wohin auch immer sich Ziegler begibt, ich bin sicher, die Frau, um die es geht, befindet sich ebenfalls dort.« Don nahm erneut einen Schluck Saft, bevor er weitersprach. »Ich gehe davon aus, dass die Geisel in ein Versteck in den Bergen gebracht worden ist. Und davon gibt es in Ihrem Land ja genug.«

Rigli lächelte etwas unglücklich. Wie viele Schweizer war er recht verschlossen, was den Heimatschutz betraf. Er löste sich von der Wand und ging zurück in den anderen Raum. Don hörte ihn mit den Männern sprechen, verstand jedoch nicht, was sie sagten. Er dachte an Ziegler und daran, dass er sein Blatt sehr hoch ausgereizt hatte.

»Don!« Aus dem Nebenzimmer klang Riglis Stimme.

»Probleme?«

»Nein, aber kommen Sie trotzdem mal. Ich denke, dass es allmählich interessant wird.«

Harris betrat wieder den Wohnraum. Claude Schneider und Hauptmann Rigli hockten vor dem Gerät mit dem Monitor.

»Wir haben Kontakt!«, sagte Rigli.

»Gratuliere.«

»Na ja, dass die Sache klappt, ist mehr Ihr Verdienst. Ich hatte schon befürchtet, Ziegler würde den Sender bemerken. Hat er aber wohl nicht.«

»Und wo befindet er sich jetzt?«, fragte Don.

Rigli senkte den Kopf. »Schauen Sie auf den Monitor. Der Punkt, der sich zwischen den Feldern bewegt. Der Schirm ist in Quadrate eingeteilt, und diese Quadrate decken ein bestimmtes Gebiet hier im Kanton Graubünden ab.«

»Er bewegt sich in südliche Richtung«, sagte Schneider, »auf Maloja zu. Der Geschwindigkeit und der Strecke nach ist er mit einem Auto unterwegs. Zuvor muss er noch an Silvaplana vorbei und an Sils Maria. Er fährt die normale Strecke am See entlang.«

»Und wo endet die Straße?«, fragte Don.

»In Italien. Oder an der italienischen Grenze, wenn man es genau nimmt. Der Ort dahinter heißt Chiavenna. Aber ich glaube nicht, dass er dorthin will.«

»Bei dem ist alles möglich!«, murmelte Rigli.

Auch Don starrte auf den Bildschirm. Der Punkt leuchtete hin und wieder mal stärker auf, aber bewegte sich immer in südliche Richtung.

»Jetzt hat er Sils Maria erreicht«, sagte Schneider.

»Und er hält an!«, erkannte Hauptmann Rigli. Seine Stimme vibrierte leicht. Eine gewisse Spannung hatte ihn erfasst, und auch Don fragte sich, ob Ziegler das Ziel erreicht hatte.

Bevor sie diese Frage erörtern konnten, wanderte der Punkt wieder.

»Er hat die Richtung geändert«, sagte Schneider. »Vorhin fuhr er – um es genauer zu nehmen – nach Südwesten, jetzt wendet er sich in Richtung Norden.«

»Wo könnte er hinfahren, Herr Rigli?«, fragte Don.

Der Schweizer verzog das Gesicht. Die Grimasse sah nicht eben glücklich aus. »Wir haben ein Problem.«

»Warum?«

»Irrtum!«, meldete Schneider. »Er hat im Ort gedreht. Der neue Kurs ist Süden.«

»Was liegt dort?«

Rigli schaute Don an. »Nichts.«

»Was heißt das?«

»Dort ist die Welt zu Ende. Es gibt da ein Hochtal, in das er noch hineinfahren kann.«

»Hat es einen Namen?«

»Ja. Das Fex-Tal.«

»Und weiter?«

»Sie müssen irgendwann die Straße verlassen und rollen auf einem schmalen Weg weiter. Und wenn der endet, können Sie nur noch wandern. Das tun viele Menschen. Ich meine, momentan noch nicht, die

Wanderzeit kommt erst noch. Doch am Ende des Tals haben Sie den perfekten Ausgangspunkt für einen Wanderurlaub, weil es dort ein Hotel gibt, das im Winter gut besucht ist.«

Plötzlich hatte Don das Gefühl, sich von der Stelle zu bewegen. Etwas strömte durch seinen Körper, und er befürchtete schon, dass sich das dritte Auge zeigen würde. Deshalb drehte er sich rasch zur Seite, damit die anderen es nicht zu sehen bekamen, und dabei fiel sein Blick in einen Wandspiegel.

Er sah völlig normal aus. Was er erlebt oder vielmehr gespürt hatte, hatte nichts mit dem dritten Auge zu tun. Er führte dieses Gefühl auf seine andere Fähigkeit zurück.

Er wandte sich wieder den Männern vor dem Gerät zu und fragte: »Man kann sich also in dieser Gegend gut verstecken, nehm ich mal an.«

»Und ob.« Diesmal hatte Charly Bikker die Antwort gegeben. »Ich weiß das, weil ich aus dieser Gegend stamme.«

Don wandte sich an Bikker. »Dann müssen Sie doch auch wissen, ob es in den Bergen dort Verstecke gibt.«

»Wie meinen Sie das?«

»Ich denke da an Bunker oder Festungen, die in die Berge gebaut wurden und von denen kein Tourist etwas weiß und auch die meisten Einheimischen nicht.«

Don Harris hatte offenbar einen wunden Punkt getroffen, denn Bikker hielt sich mit der Antwort zurück und warf Hauptmann Rigli einen bezeichnenden Blick zu, den Don nicht übersah.

»Sie wissen mehr!«

Peter Rigli räusperte sich.

»Reden Sie!«

»Ich darf es normalerweise nicht.«

Don schüttelte heftig den Kopf. »Das ist mir in diesem Fall verdammt egal, Mann. Okay, es handelt sich um eines der vielen geheimen Waffenverstecke in den Alpen. Glauben Sie, die ESI würde sich darum kümmern? Wir stehen auf Ihrer Seite. Die European Special Intelligence sorgt für die Sicherheit Europas, und auch wenn die Schweiz nicht Mitglied der EU ist, gehört sie doch zu Europa dazu.«

»Ja, schon gut, ich weiß Bescheid.« Rigli wand sich wie ein Wurm. »Wir sind zur Geheimhaltung verpflichtet, wie Sie sich vorstellen können. Deshalb fällt es mir schwer, Ihnen alles zu sagen.« Don wollte schon wieder auf ihn einreden, doch da sah er an dessen Blick, dass der Schweizer Geheimdienstmann seine Entscheidung gefällt hatte. Er wandte sich an Charly Bikker und befahl: »Erzählen Sie, Bikker!«

Der Mann rückte seine Brille zurecht. »Ich weiß, dass es dort einen alten Bunker gibt. Eine Festung. Man hat sie allerdings vor Jahren aufgegeben. Soviel ich weiß, ist der Bunker seither nie mehr benutzt worden. Er ist nicht eben klein. Man hat ihn tief in den Berg hineingebaut. Ich kann mir vorstellen, dass noch alles funktioniert, und wenn sich jemand verstecken will, ist das ein idealer Ort. Ich weiß auch, dass man von dort oben die Umgebung bestens im Blick hat und sofort mitbekommt, wenn sich jemand dem Bunker nähert.«

»Noch was?«, fragte Rigli.

»Nein.«

Don stellte eine einfache Frage: »Wie komme ich dorthin?«

»Gar nicht«, sagte Hauptmann Rigli barsch.

»Und warum nicht?«

»Als einzelne Person haben Sie keine Chance, verdammt noch mal. Nicht die geringste und ...«

Harris unterbrach ihn. »Wollen Sie denn mit einer Armee anrücken, Hauptmann?«

»Das habe ich nicht gesagt. Um diesen Bunker anzugreifen, müssen wir schon strategisch vorgehen.«

»So viel Zeit hab ich nicht.«

»Die müssen wir uns nehmen!«

»Das käme diesem Ziegler nur entgegen. Nein, Herr Rigli, ich habe einen anderen Plan.«

»Was wollen Sie tun? Allein hingehen?«

Don Harris lächelte breit. »Von ›Gehen‹ hab ich nichts gesagt. Was ich zunächst brauche, sind Waffen.«

»Werden besorgt. Welche?«

Auf dem Schreibtisch lagen ein Notizblock und ein Kugelschreiber. Innerhalb von zwei Minuten hatte Don aufgeschrieben, was er benötigte.

Rigli warf einen Blick darauf.

»Schaffen Sie es bis in drei Stunden?«

»Es müsste möglich sein.«

»Gut.«

»Da ist noch etwas, Mr Harris.«

»Was denn?«

»Dass sie eine gute Karte brauchen, verstehe ich, aber wollen Sie wirklich einen Paragleiter?«

»Ja, den will ich.«

Hauptmann Rigli wurde blass im Gesicht, und seine beiden Männer machten große Augen.

Schließlich sagte Rigli: »Sie müssen es wissen.«

»Genau das, Herr Hauptmann!«

Es dauerte nicht mal zwei Stunden, bis Hauptmann Rigli zurückkehrte.

Angestellte des Hotels schleppten die zwei schweren Koffer, die sie im kurzen Flur der Juniorsuite abstellten.

Rigli entließ die beiden und kehrte zu seinen Leuten zurück, bei denen sich auch Don Harris befand.

»Es ist alles erledigt!«, erklärte der Schweizer.

»Gut.«

»Und wie sieht es mit Ziegler aus?«

Harris hob die Schultern. »Wir können uns nicht beklagen. Er bewegt sich nicht mehr und befindet sich offenbar in der angeblich verlassenen Festung.«

Rigli nickte. »Das Gelände ist verdammt schwierig, Don.«

»Mein Problem.«

Der Hauptmann schüttelte den Kopf. »Auch das unsrige, Don. Glauben Sie mir.«

»Ach?«, wunderte sich der Psycho-Cop. »Und warum das?«

»Wir werden Ihnen den Rücken decken. Ist doch klar.«

Das gefiel Don nicht, doch er wusste auch, dass er sich nicht dagegen wehren konnte. Rigli hatte seinem Alleingang zugestimmt, aber er konnte sich nicht einfach raushalten. Also würden er und seine Leute im Hintergrund warten.

»Was ist mit dem Paragleiter?«, fragte Don, um das Thema zu wechseln.

»Sie können mit so einem Flugdrachen umgehen?«

Don grinste. »Hätte ich es sonst vorgeschlagen?«

»Stimmt. Meine Leute werden das Gerät zu dem Punkt bringen, von dem aus Sie starten können.«

»Was ist mit der Festung?«

»Die habe ich lokalisiert. Sie liegt im Berg, stammt von unserer Armee, ist aber verlassen. Den Grund dafür kenne ich nicht. Allerdings hat man sie nicht zugeschüttet. Ist wohl so etwas wie die stille Reserve.«

»Gut. Dann schaue ich mir jetzt die Waffen an, die Sie besorgt haben.«

»Kommen Sie.«

Charly Bikker und Claude Schneider blieben zurück. Don und der Hauptmann gingen zu den beiden Alukoffern, die im kurzen Flur der Suite auf dem Boden lagen.

Nachdem der Hauptmann sie geöffnet und die Deckel hochgeklappt hatte, stieß Don einen leisen Pfiff aus. Der Schweizer hatte wirklich an alles gedacht. Don fragte sich, ob er die Waffen überhaupt alle brauchte.

Er schaute sie sich an. Neben den Schusswaffen hatte ihm der Hauptmann auch eine schusssichere Weste und einen Helm mit Kampfvisier besorgt. Er verfügte über Restwärmeverstärker, Infrarot und ein Mikro mit Funkgerät, sodass Don Informationen abrufen konnte.

Eine Kampfkleidung lag ebenfalls bereit. Er konnte auf Nebel-, Schrill- und Blendgranaten zurückgreifen, und als er in den anderen Koffer blickte, sah er die Waffen.

Die Heckler-&-Koch-Pistole war perfekt. Er konnte sie als Schnellfeuerpistole benutzen, aber auch auf Einzelfeuer umstellen.

Dann war da noch die Maschinenpistole, ausgerüstet mit einem Laserpointvisier, das Kampfmesser und einige weitere Dinge, bei deren Anblick einem Waffennarren das Herz höher geschlagen hätte.

Das war Don Harris zwar nicht, dennoch war er zufrieden und sagte mit leiser Stimme: »Sie haben wirklich für alles gesorgt, Peter.«

»Klar.« Rigli deutete auf die Koffer. »Sie können sich ja noch überlegen, was Sie alles einpacken wollen, damit der Flugdrache auch das Gewicht tragen kann. Die eine oder andere Granate wäre sicherlich nicht schlecht.«

»Das denke ich auch.«

»Wir sollten jetzt fahren und nehmen die Koffer mit. Das Hotel können wir durch den Hinterausgang verlassen.«

Rigli klappte die Koffer wieder zu.

Bikker und Schneider würden sie begleiten und die Koffer schleppen. Anschließend würden sie wieder ins Zimmer zurückkehren und den Monitor beobachten. Sollte sich etwas ereignen, würden sie sofort Bescheid geben.

Es war eine für Don völlig fremde Umgebung, durch die sie sich bewegten. Als Urlauber hätte ihn das Panorama sicherlich beeindruckt, doch in dieser Situation betrachtete er es mit anderen Augen. Die majestätische Einsamkeit der Berge faszinierte ihn schon, doch er dachte auch daran, dass ein Drachenflug in den Bergen nie ganz ungefährlich war. Eine falsche Bewegung, einmal nicht aufgepasst, einmal nur den Wind falsch einschätzen, und es war vorbei.

Aber Don war es gewohnt, Risiken einzugehen. Er war zwar kein perfekter Drachenflieger, aber einige Male war er schon geflogen. Zwar in den schottischen Highlands, die nun keinen Vergleich mit den Alpen aushielten, doch er traute sich zu, dieser Aufgabe gewachsen zu sein. Bisher hatten seine Drachenflüge der Entspannung gegolten. Er hatte einfach mal den Kopf freihaben wollen und sich deshalb dem Wind hingegeben.

Den Ort Sils Maria hatten sie hinter sich gelassen. Der Off-Roader brummte durch die Lärchenwälder, deren Bäume lange Schatten warfen. Die Sonne stand bereits tief, und in den Tälern dunkelte es schon, während die Gipfel der Berge um diese Uhrzeit in einem besonders klaren Licht lagen.

Rigli fuhr den Wagen. Don saß auf dem Beifahrersitz. Über die Freisprechanlage lauschte er dem Telefonat, das der Hauptmann führte.

Peter Rigli holte sich die letzten Wetterinformationen ein, dann wandte er sich Don Harris zu. »Wir haben also Glück!«

»Ja, das Wetter hält sich, also haben wir klare Luft. Es ist kein Nebel angesagt. Nichts deutet auf einen schnellen Umschwung hin.«

»Aber denken Sie daran, Don, dass auch Sie gesehen werden können«, warnte der Schweizer.

»Die Dunkelheit wird mir Schutz geben.« Doch Don machte sich keine Illusionen über seinen Einsatz. Doch ein Zurück gab es für ihn nicht. Es ging nicht allein um Azucena, er wollte auch diesen Ziegler erwischen und vor allen Dingen in Erfahrung bringen, wo sich das Amulett befand. Doch würde Azucena es ihm verraten, wenn er sie befreite?

Das würde die Zukunft zeigen müssen. Die Gegenwart war wichtiger.

Der Wald fiel zurück. Der Blick wurde durch nichts mehr begrenzt, und Don stellte fest, dass sie den Beginn des Tals erreicht hatten.

Sie fuhren auch nicht mehr über eine asphaltierte Straße. Ein breiter Wanderweg durchschnitt das Tal. Pferdemist wies darauf hin, dass man sich auch mit einer Kutsche fahren lassen konnte, die von den Vierbeinern gezogen wurde.

Es war ein recht breites und stilles Tal. Durch den blaugrauen Himmel segelten Vögel mit mächtigen Spannweiten. Die Hänge rechts und links stiegen zum Teil sehr steil an und endeten oftmals dort, wo der Schnee noch nicht getaut war. Am Ende des Tals bildeten die Berge eine gezackte Wand und schienen jedes Durchkommen unmöglich zu machen.

Don sah einige Häuser. Es waren kleine Bauernhäuser, an die Ställe angebaut worden waren. Ob sie schon bewohnt waren, wusste er nicht, denn Kühe sah er nicht auf den Wiesen.

»Wo warten Ihre Leute, Peter?«

»In den Bergen.«

»Da sind wir schon.«

»Stimmt. Aber es gibt hier ein Plateau, bis zu dem wir fahren können. Die Lage der Festung werden Sie sich vor dem Start genau auf der Karte anschauen und merken müssen.«

»Dann fahren wir also nicht bis zum Talende durch?«

»So ist es.«

Menschen kamen ihnen nicht entgegen. Don hatte das Gefühl, als wäre das Tal extra für sie geräumt worden. Eine Sache bereitete ihm schon Probleme: Er wusste nicht, ob das Tal von der Festung aus beobachtet werden konnte. Danach erkundigte er sich bei dem Schweizer.

»Die werden eher das Ende des Tals überwachen können, denke ich. Deshalb biegen wir zuvor ab.«

Es ging irgendwann sehr steil bergauf, und der Off-Roader musste zeigen, was in ihm steckte. Aber der Wagen packte es. Er fraß förmlich die Steigung. Von einem Weg konnte man kaum sprechen. Es ging quer durchs Gelände und dabei manchmal sehr dicht an steilen Abhängen vorbei, aber der Schweizer schaffte die Hindernisse mit seinem fahrerischen Können.

Eine letzte scharfe Kehre mussten sie noch nehmen, dann hatten sie das Plateau erreicht, das mit grauen Steinbrocken übersät war. Eine Hütte aus Stein und Holz war an diesem Ort errichtet, in die schon einige Menschen passten. Sie sah leer aus, aber Don wusste, dass sie es nicht war.

Rigli lenkte den Wagen um die Hütte herum und stellte ihn an der Rückseite ab.

»Wir können.«

Die Koffer wurden gleich nach dem Aussteigen ausgeladen. Die hintere Tür der Hütte wurde geöffnet, und Männer in Kampfanzügen erschienen, um die Koffer in den Bau zu tragen.

Hauptmann Rigli telefonierte mit St. Moritz. Seine beiden Männer meldeten ihm keine besonderen Vorkommnisse.

Hinter der Hütte lag auch der Drachen bereit, und

Don erfuhr, dass dieser Ort auch sein Startplatz war. Das hatte er sich bereits gedacht. Die Luft war zwar recht dünn, aber er wusste, dass er sich auf den Höhenwind verlassen konnte, und war sehr zufrieden.

Das Team bestand aus acht Männern. Alle sahen aus wie Kerle, die sich nicht so leicht die Butter vom Brot nehmen ließen. Don musste noch warten, was ihm sehr entgegenkam, da er sich noch mit seinem Ziel vertraut machen musste.

Sie gingen in die Hütte und setzten sich an den primitiven Holztisch. In den nächsten Minuten wurde Don von einem Mann namens Bert eingeweiht. Er prägte sich genau ein, was dieser Mann sagte.

Die Festung lag im Süden, und der Wind wehte aus Nordwest und würde Don daher in südliche Richtung treiben. Das Wetter hatte tatsächlich gehalten. Wolkenlos präsentierte sich der Himmel, der aber immer mehr eingraute.

Don hatte sich vorgenommen, in der Dämmerung zu starten. Er ging die Flugstrecke wieder und immer wieder durch. Sie war eigentlich ideal, und die alte Festung lag auch relativ frei, wie Don auf den Fotografien sah, die Bert ihm zeigte.

Und ihm fiel auch auf, dass es einen Weg gab, der hoch zu dieser Festung führte.

»Die Kollegen von der Armee haben den Weg angelegt. Er wurde früher sogar im Winter befahrbar gehalten.«

»Alle Achtung.«

»Das schaffen wir Schweizer schon.«

»Okay, sobald ich mich umgezogen habe, geht's los«, sagte Harris.

Rigli schaute ihn an. »Haben Sie sich schon für bestimmte Waffen entschieden?«

»Ja.« Welche das genau waren, teilte Don nicht mit. Er wollte stattdessen wissen, was die Männer des Teams tun würden, und erfuhr, dass sie sich zu Fuß auf den Weg machen würden. Sie waren durchtrainiert genug, und es gab auch genügend Deckung für sie.

»Wir werden über Funk in Verbindung bleiben«, wurde Don gesagt. »Wäre gut, wenn wir ein Codewort vereinbaren.«

»Schlagen Sie eins vor.«

»Alphorn.«

»Okay.«

Bert lächelte. Er hatte sein Gesicht bereits geschwärzt und sah richtig gefährlich aus.

Don erhob sich und sagte: »Dann kümmere ich mich mal um den Drachen. Anschließend ziehe ich mich um.«

»Ganz wie Sie wollen«, sagte Bert. »Kommen Sie mit nach draußen. Ich kann Ihnen noch einige Kniffe zeigen.«

»Danke«, erwiderte Don und lächelte …

9

Azucena hockte noch immer auf der Pritsche. Sie wusste sofort, dass bei Ziegler einiges verkehrt gelaufen war, als er ihre Zelle betrat und seine beiden Aufpasser im Gang zurückließ.

So einen Ausdruck hatte sie auf seinem Gesicht noch nicht gesehen. Die straffen Wagen waren mit roten Flecken bedeckt, und der Blick seiner Augen versprühte Mordlust. Als er seinen rechten Arm schlenkerte, glaubte die Frau, dass er ihr ins Gesicht schlagen würde, doch er riss sich zusammen und blieb breitbeinig vor ihr stehen.

Azucena, die soeben eine Flasche Wasser geleert hatte, schaute zu ihm hoch. Sie bemühte sich dabei, ihren Blick neutral wirken zu lassen, stellte aber keine Frage.

Dafür sprach Jean Ziegler. »Dein Freund scheint nicht besonders scharf auf dich zu sein.«

»Er ist nicht mein Freund.«

»Das habe ich gemerkt.«

Azucena hob die Schultern. »Und was ist die Konsequenz daraus?«

»Er hat nichts über das Amulett gesagt.«

»Habe ich mir denken können. Warum sollte er? Vielleicht weiß er gar nicht, dass es noch existiert, meine ich. Es kann auch irgendwo unterwegs sein und ...«

Ziegler schlug zu. Die Knöchel seiner rechten Faust krachten gegen Azucenas Stirn. Ihr Kopf flog nach hinten, prallte gegen die harte Betonwand, und die Frau hatte das Gefühl, von scharfen Stichen durchbohrt zu werden, die sich in ihrem Schädel sternförmig verteilten. Sie war hart im Nehmen, sie gab sich keine Blöße, und nicht ein Laut entfuhr ihrem Mund, selbst ein Zischen unterdrückte sie.

Ein zweiter Schlag folgte nicht. Ziegler wartete ab, bis sich Azucena wieder ein wenig erholt hatte, die mit beiden Händen durch ihr Gesicht fuhr, um sie danach sinken zu lassen.

»Du hast nur noch eine Chance!«, zischte Ziegler.

»Aha.« Azucena grinste. »Habe ich die noch?«

»Eine sehr geringe. Du hast die Seiten gewechselt, verflucht noch mal. Du hättest bei uns bleiben sollen, doch das hast du nicht getan. Warum, verflucht?«

»Ich habe nachgedacht.«

»Und weiter?«

»Es gibt kein Weiter. Sie haben auf die Karte Don Harris gesetzt und vergessen, dass es in einem Spiel nicht nur Trümpfe gibt. Welche Veranlassung sollte er denn haben, mich hier aus der Festung zu holen? Keine, verdammt noch mal!«

Jean Ziegler grinste breit und scharf. »Das Amulett.«

»Ich habe es nicht.«

»Dann muss es Harris haben!«

»Sind Sie sich sicher, Ziegler? Können Sie hundertprozentig davon ausgehen?«

Er wusste es nicht und gab deshalb keine Antwort, sondern wechselte das Thema. »Ich habe Harris noch eine Chance gegeben, und das ist auch deine letzte Chance.«

»Und wie sieht die aus?«

»Ich werde noch mal mit ihm Kontakt aufnehmen und Bedingungen stellen. Diesmal wird er darauf eingehen müssen. Es war das erste und letzte Mal, dass ich mich von ihm habe an der Nase herumführen lassen. Sollte er diesmal nicht auf meine Bedingungen eingehen, werde ich ihm einen Finger von dir schicken – oder gleich die ganze Hand! Oder deine beiden Augen! Sei froh, dass ich noch so etwas wie einen Rest von Verbundenheit mit dir empfinde, sonst hätte ich dich längst meinen Leuten als Spielzeug überlassen. Die sind verdammt geil auf deinen Körper.«

»Ich weiß nicht, ob sie wirklich Spaß mit mir gehabt hätten«, konterte Azucena. »Eher nicht, würde ich sagen.«

Jean Ziegler schaute auf sie hinab. »Wir werden das Amulett noch bekommen. Irgendwann wirst du reden. Es kann durchaus auch sein, dass wir dir Don Harris' Leiche präsentieren, bevor wir uns mit dir beschäftigen. Deine Chancen haben sich nicht verbessert.«

»Ich bin es gewohnt, dass die Chancen gegen mich stehen.«

»Ja, das weiß ich, aber so eine Nacht in einer einsamen Zelle kann verdammt lang werden, das schwöre ich dir.«

Ziegler hatte genug gesagt. Er drehte sich um und verließ die Zelle, deren Tür wieder zugesperrt wurde.

Azucena schaute auf das dicke Metall. Harris musste den Kerl verdammt verärgert haben, denn Ziegler war mehr als sauer. Die Kontaktaufnahme hatte ihn nicht weitergebracht. Harris hatte ihn eiskalt auflaufen lassen und damit Zeit gewonnen, und Azucena konnte sich vorstellen, dass auch er gewisse Pläne verfolgte. Ob sie allerdings zu ihrer Rettung dienten, konnte sie beim besten Willen nicht sagen. Im Leben lief nie etwas glatt.

Außerdem hatten Harris und sie auf verschiedenen Seiten gestanden, das einzige Bindeglied zwischen ihnen war das Amulett und auf eine gewisse Art und Weise auch Elektra, deren Vergangenheit sich mit der Azucenas vergleichen ließ.

Beide Frauen hatten die Fronten geklärt. Beide wussten, weshalb sie auf der Welt waren. Nur war Elektra einen anderen Weg gegangen als Azucena. Wahrscheinlich den besseren.

Dass Elektra besondere Kräfte hatte, stand für Azucena fest. Sonst hätte sie nicht in der Zelle erscheinen können. Auch hoffte sie darauf, dass sich Elektra noch mal melden und positive Nachrichten bringen würde.

Vieles war ihr möglich, nur Azucena aus der Zelle zu holen offenbar nicht.

Die Schmerzen im Kopf waren ein wenig abgeflaut. Vergessen würde Azucena den Schlag nicht. Sie setzte darauf, dass sie Ziegler irgendwann in einer anderen Situation gegenüberstehen würde. Wenn die Waffen gleich verteilt waren, würde sie ihm mit Freuden das verdammte Genick brechen. Das stand für sie fest.

Das Sitzen hatte sie etwas steif werden lassen. Deshalb stand sie auf und ging von einer Wand zur anderen. Dass man sie über eine Kamera beobachtete, war ihr egal. Sie verhielt sich völlig neutral, und ihre Gedanken konnten die Burschen an ihrem Monitor nicht lesen.

Diese Gedanken drehten sich um Don Harris!

Was hatte er wirklich vor? Er wollte Ziegler reizen, damit er Fehler beging, aber es gab da eine andere Sache, und das war eben das Amulett. Auch Harris wollte es haben. Es gehörte ihm. Er war der Erbe. Er war derjenige, der durch seine Fähigkeiten Grenzen aufreißen konnte, und genau das war der Grund, weshalb die Höllensöhne ihn beseitigen wollten.

Don wusste nicht, wo sich das Amulett befand.

Er muss nach wie vor davon ausgehen, dass ich das Versteck kenne, dachte Azucena, und daher wird er sich entsprechend verhalten.

Jedenfalls setzte sie darauf, aber es würde auch für den Psycho-Cop verdammt schwierig werden, Ziegler und seine Leute auszuschalten.

Wie gut Harris tatsächlich war, wusste sie nicht, denn so gut kannte sie ihn nicht. Aber er war kein Mensch, der schnell aufgab, und darauf setzte sie.

Das Gehen hatte ihr gutgetan. Sie nahm wieder auf der Pritsche Platz. Wahrscheinlich brach draußen bereits der Abend ein, und ihr würde eine lange Nacht bevorstehen, in der sich die Stunden hinziehen würden wie Kaugummi. Ziegler würde versuchen, noch mal Kontakt mit Harris zu bekommen, aber es war fraglich, ob der Psycho-Cop auf seine Forderungen eingehen würde. Einer wie er zog sein eigenes Spiel durch.

Sie lehnte sich zurück, schloss die Augen und ließ sich langsam auf den Rücken sinken. Es war besser, wenn sie sich ausruhte und vielleicht sogar etwas Schlaf fand. Die Nerven dazu hatte sie. In ihrem Job wurde sie ständig mit dem Tod konfrontiert.

Auf einmal hörte sie eine Stimme.

»Ich bin wieder da!«

Jeder andere Mensch wäre erschrocken in die Höhe gefahren, aber Azucena hatte sich unter Kontrolle. Sie dachte an die Kamera und blieb still liegen, sogar mit halb geschlossenen Augen.

»Elektra …«

»Ja.«

»Ich hatte damit gerechnet.«

»Warum?«

»Irgendwie kenne ich dich ja, auch wenn mir die Erinnerung fehlt. Du bist niemand, der einen anderen Menschen so einfach im Stich lässt.«

»So ist es.«

»Aber du kannst nichts für mich tun.«

»Wenn du an deine Befreiung denkst, stimmt das.«

»Und weshalb bist du hier?«

»Es geht um uns.«

»Ja, wir sind so etwas wie Schwestern.«

Azucena hatte sehr leise gesprochen und ihre Lippen so gut wie nicht bewegt. Im Liegen jedoch hatte sie ihre Blicke wandern lassen, aber die geheimnisvolle Elektra nicht entdeckt. Sie hielt sich im Verborgenen. Wo das war, wusste Azucena nicht, sie dachte aber an eine Art Zwischenwelt. Schon deshalb wollte sie überleben, damit sie mehr über diese geheimnisvollen Dinge und über die eigene Vergangenheit erfahren konnte.

»Weshalb bist du hier? Willst du mir Mut machen?«

»Warum nicht?«

»Man will mich töten. Egal, was auch passiert, Ziegler und seine Leute können mich nicht brauchen. Und ich glaube auch nicht, dass Don Harris da etwas ausrichten kann.«

»Meinst du?«

»Siehst du es anders?«

»Don Harris wird versuchen, dich zu befreien. Ich weiß es. Er ist unterwegs ...«

Azucenas Herz schlug nach dieser Antwort schneller. »Und weiß er auch, auf was er sich dabei einlässt?«

»Das denke ich doch.«

»Er wird es nicht nur mit Jean Ziegler zu tun bekommen. Ich weiß nicht, wie viele seiner Leute sich hier in diesem Bunker befinden, aber wenige werden es nicht sein.«

»Du hast Recht«, gab Elektra zu. »Don Harris hat Ziegler auflaufen lassen. Er will die Zeit nutzen, um etwas zu unternehmen.«

»Das kann sich Ziegler doch auch denken.«

»Bestimmt. Nur hat er Dons Spur verloren, soviel ich weiß.«

Azucena überlegte blitzschnell. »Und er weiß, dass ich in diesem Bunker bin und wo er diesen Bunker findet?«

»Alles deutet darauf hin.«

»Und wie soll ich mich verhalten?«

»Abwarten.«

Azucena lachte. »Das ist klar. Denn was könnte ich auch anderes tun, als abzuwarten?«

»Die nächsten Stunden könnten interessant werden.«

»Was willst du genau von mir, Elektra?«, flüsterte Azucena. »Warum bist du wieder hier?«

»Das Amulett – du weißt, wo es sich befindet.«

»Ich habe es nicht.«

»Und Don hat es auch nicht. Aber es muss irgendwo sein, und du hast es als Letzte gehabt.«

Azucena überlegte, wie weit sie Elektra vertrauen konnte, und murmelte nur: »Ja, ich habe es gehabt.«

Einen Moment herrschte Schweigen. Dann hörte

sie wieder Elektras Geisterstimme. »Und was ist mit dem Amulett geschehen?«

»Ich habe es nicht mehr.«

»Du hast es abgegeben?«

»Genau.«

»An wen?«

Azucena hatte schon zu viel gesagt. Jetzt konnte sie nicht mehr zurück. »Ich habe es an keine bestimmte Person weitergegeben. Von Barcelona aus habe ich es nach London geschickt.«

»An wen?«

»Postlagernd.«

Elektra schwieg. Sie musste sich erst sammeln, bevor sie antwortete: »Das war eine gute Idee. Aber dennoch muss ein Name damit verbunden sein.«

»Man wird Don Harris benachrichtigen.«

Erneut schwieg Elektra. Azucena konnte sich vorstellen, welche Gedanken durch ihren Kopf jagten. Diese geheimnisvolle Frau zu überraschen, war schon eine Kunst. Es machte Azucena ein wenig stolz, dass ihr dies gelungen war.

»Das wissen aber die Höllensöhne nicht?«, fragte Elektra schließlich.

»Ich habe es ihnen nicht verraten und denke auch nicht daran, es zu tun.«

»Gut, das habe ich noch wissen wollen. Wenn Don Harris diese Nacht versagt, werden unsere Feinde das Amulett trotzdem nicht bekommen ...«

Mit dem letzten Satz war Elektras Stimme immer

leiser geworden und schließlich verweht. Azucena wusste, dass die geheimnisvolle Besucherin sie verlassen hatte. Wieder war sie allein, doch diesmal erfüllt von einer kleinen Hoffnung…

Die jedoch radikal zerstört wurde, als plötzlich die Tür aufschwang und Ziegler die Zelle betrat.

Er hatte seinen Mantel ausgezogen und trug nur mehr seine schwarze Kluft. Diesmal brachte er seine beiden Leute mit in die Zelle.

Sein Gesicht wirkte wie aus Granit gemeißelt. Er trat an Azucenas Liege heran, riss die Frau hoch und schleuderte sie zu Boden.

Sie fiel auf die Seite und erhielt den Tritt in die Hüfte.

»Mit wem hast du gesprochen?«

Azucena holte zischend Luft. »Mit keinem Menschen. Hier ist niemand außer mir!«

»Du hast geredet!«

»Ja, verdammt – mit mir selbst!«

»Nein«, sagte er, »nein, das hast du nicht. Das kannst du mir nicht erzählen, verdammt!«

»Doch!«, keuchte sie. »Es ist doch niemand hier!« Sie lachte freudlos auf. »Oder habt ihr jemand gesehen?«

Ziegler wandte sich an seine beiden Leute. »Packt sie!«

Kräftige Hände rissen Azucena vom Boden hoch. Ein starker Griff in den Nacken drückte ihren Kopf nach unten, und zwei andere Hände drehten ihr die Arme auf den Rücken. Sie bogen sie hoch bis zur

Schmerzgrenze, sodass die Frau gezwungen war, ihren Oberkörper noch tiefer zu beugen.

»Schafft sie weg! Ich komme später zu euch!«

Azucena hatte keine Chance. Sie ahnte allerdings, dass ihre bisherige Gefangenschaft ein Vergnügen gewesen war im Vergleich zu dem, was nun auf sie zukam …

Der Raum war kalt. Er war feucht. Es gab keine betonierten Wände, sondern nur den dunklen Fels, auf dem sich die Nässe festgesetzt hatte. An einigen Stellen liefen dünne Wasserfäden nach unten, die im Licht der kalten Scheinwerfer schimmerten.

Sie waren an verschiedenen Stellen dieser Höhle angebracht worden, doch ihre Lichtkegel waren auf die Mitte gerichtet. Die Seitenwände blieben im Dunkeln, wobei sich die dort stehenden Metallregale trotzdem abzeichneten, ohne dass zu sehen gewesen wäre, was sie enthielten.

Azucena lag auf einem alten Bett und spürte unter sich eine feuchte Matratze. Sie hatte auch die Flecken gesehen, die nach eingetrocknetem Blut aussahen.

Man hatte ihr die Arme gespreizt und in die Höhe gezerrt. Die Handgelenke waren mit Handschellen an den beiden Bettpfosten befestigt, und Gleiches war auch mit den Füßen geschehen.

Azucenas Bewegungsfreiheit war stark eingeschränkt, was sie natürlich als schlimm empfand. Als noch schlimmer aber sah sie ihre Nacktheit an. Man hatte ihr auch noch die Unterwäsche ausgezogen.

Zu den zwei Männern, die sie aufs Bett gefesselt und ihr die Dessous vom Körper gerissen hatten, hatten sich noch zwei weitere gesellt. Sie hatten sie nicht nur mit ihren gierigen Blicken angestarrt, hatten sie nicht nur begrapscht und sie dabei verhöhnt. Vier Mal war sie vergewaltigt worden. Sie hatte sich nicht wehren können und alles über sich ergehen lassen müssen.

Es war eine schreckliche Demütigung gewesen, die selbst eine so hartgesottene Frau wie Azucena nur schwer verkraften konnte …

Anschließend waren die widerlichen Kerle in den Schatten zurückgetreten. Von dort aus beobachteten sie die nackte Frau, die im wahrsten Sinne des Wortes im Rampenlicht lag.

Sie hatte nicht geschrien. Sie hatte nicht geweint. Den Gefallen hatte sie ihnen nicht tun wollen. Höllensöhne nannten sie sich – Hundesöhne waren sie. Azucena hatte nur ihre Zähne zusammengebissen und versucht, an etwas anderes zu denken.

Sie fühlte sich beschmutzt und bis ins Letzte erniedrigt. Aber ihr Hass hatte ihr geholfen, die Demütigung und Erniedrigung zu ertragen. Es gab keinen größeren Hass als den, den sie gegen diese vier Männer empfand, und sie schloss einen gewissen Jean Ziegler da mit ein, denn er hatte ihnen diese schreckliche Vergewaltigung geradezu befohlen.

Die Dreckskerle kehrten nicht mehr zu ihr zurück. Sie blieben im Schatten stehen und warteten. Doch Azucena war sich sicher, dass die Folter erst begonnen hatte, und sie rechnete damit, dass sich auch Ziegler an ihr vergehen würde.

Don Harris war ihre letzte Hoffnung gewesen, doch das war nun vorbei. Sollte er es tatsächlich schaffen, sie zu befreien, würde sie nie wieder der Mensch sein, der sie einmal gewesen war.

Tränen drückten von innen gegen ihre Augen. Sie weinte trotzdem nicht. Aber allmählich fror sie. Ihr gesamter Körper zitterte, und schließlich schlugen auch ihre Zähne aufeinander.

Ein quietschendes Geräusch ließ sie für wenige Augenblicke ihre Lage vergessen. Vor ihr und außerhalb des Lichts war eine Tür geöffnet worden. Sie sah den Umriss eines Mannes, der für einen Moment in der Tür stehen blieb, dann trat er näher.

Azucena lauschte seinen Schritten. Sie musste nicht erst lange raten, wer sich da zu ihr gesellte.

Es war Ziegler.

Er rauchte. Sie nahm den Geruch seiner Zigarre wahr, und als Zieglers Gesicht in den Lichtschein geriet, sah sie auch die dünne Zigarre, die zwischen seinen Lippen steckte.

Er nahm sie aus dem Mund, tippte sie leicht an, und Asche und Glut fielen auf Azucenas nackte Brüste. Ein leises Zischen entwich ihren Lippen, als sie den Schmerz spürte.

Ziegler beugte sich vor und schaute ihr in die Augen. »Ich sehe, dass du noch lebst. So war es auch vorgesehen, meine Liebe. Denn das war erst der Anfang. Meine Freunde hatten bestimmt Spaß mit dir. Ich hab ihnen den Vortritt gelassen. Aber ich will ebenfalls Spaß mit dir haben, und deshalb bin ich auch gekommen.«

»Sei verflucht, Ziegler!«

Er lachte. »Das bin ich sowieso, und es macht mir nichts aus.«

Sie schwieg.

Ziegler saugte wieder an der dünnen Zigarre, und der Aschekegel an der Spitze glühte auf. Dann fragte er: »Willst du was zu trinken haben?«

»Nein!«

»Auch gut. Hat es dir wenigstens Spaß gemacht, als sich meine Freunde mit dir beschäftigt haben?«

»Ja, sehr«, zischte sie ihn an. »Ich könnte sie küssen.«

Ziegler verzog die Lippen seines breiten Mundes zu einem widerlichen Grinsen. »Humor hast du, das muss man dir lassen. Aber kommen wir zur Sache, meine Liebe. Mir hat es nicht gefallen, wie du dich benommen hast. Ich bin sicher, dass du mit jemandem Kontakt hattest. Mit wem?« Ziegler beugte sich mit einer heftigen Bewegung tiefer. Dabei fiel erneut Asche auf Azucenas nackten Körper.

Azucena hatte sich darauf einstellen können, und so zuckte sie nur leicht zusammen.

»Es kann auch noch heißer werden!«, flüsterte Jean Ziegler. »Soll ich dir die Zigarre auf der nackten Brust ausdrücken? Oder in deinem Gesicht? Oder in einem deiner Augen?«

»Du kannst mich nicht fertigmachen, Ziegler. Nein, du nicht. Du bist arm, so verflucht arm!«

Er lächelte, aber dieses Lächeln war bar jeder Freundlichkeit. Zieglers Hand verschwand hinter seinem Rücken, und als er sie wieder hervorzog, sah Azucena das schmale, beidseitig geschliffene Messer, das in Zieglers Faust steckte.

Er beugte sich tiefer, ließ die dünne Zigarre auf den Boden fallen und zertrat sie mit der Hacke. Dann setzte er die Spitze des Messers gegen Azucenas Kehle. »Mit wem hast du in deiner Zelle gesprochen?«

»Mit mir.«

Ein leichter Druck, und Blut sickerte aus der Wunde an Azucenas Hals.

Sie spürte den Schmerz, doch sie riss sich zusammen und sagte kein Wort.

»Ich kann dir mit dem Messer meinen Namen ins Gesicht schnitzen. Also rede: Mit wem hast du gesprochen?«

Sie blieb hart. »Hast du jemanden gesehen?«

»Mit wem?« Er zog die Spitze nach rechts, und Azucena krampfte sich zusammen. Hätte sie die Beine anziehen können, sie hätte es getan. So aber blieb sie liegen.

Sie war sich sicher, dass Ziegler die Folter bis zum

bitteren Ende durchziehen würde. Das konnte über Stunden gehen und würde ihm sogar Spaß machen.

Was war so schlimm daran, wenn sie ihm die Wahrheit sagte? Er kannte Elektra, und eigentlich war sie gespannt darauf, wie er reagieren würde, wenn ihr Name fiel.

»Okay, ich sage es dir!«

»He.« Ziegler hob die Klinge an und lächelte teuflisch. »Du bist doch nicht so hart, wie ich geglaubt habe.«

»Kann sein.«

»Gut, ich höre.«

»Es war jemand bei mir, und zwar jemand, den auch du kennen müsstest.«

»Umso besser. Wie heißt die Person?«

Azucena hielt die Antwort noch etwas zurück. »Es war eine Frau«, flüsterte sie.

»Ach ja?«

»Ja. Es war …«

»Wer?«

»Elektra!«

Ziegler zuckte zusammen, als hätte man ihm einen Schlag versetzt. In seinem Gesicht zeichneten sich all die Gefühle ab, die ihn plötzlich ansprangen, und Azucena befürchtete schon, dass er durchdrehen und zustechen würde.

Das tat er nicht. »Du sprichst von … Elektra?!«

»Ja.«

»*Die* Elektra?«

»Genau die.«

»Und sie war bei dir?«

»Sie sprach zu mir.«

»Und warum habe ich sie nicht gesehen?«

»Weil sie sich nicht gezeigt hat. Ich habe sie nur gehört.«

»Soll das heißen, dass sie … *unsichtbar* war?«

»Ja, sie war unsichtbar, aber sie hat mit mir gesprochen, und ich habe ihr geantwortet.«

Jean Ziegler stand da wie ein begossener Pudel. Er starrte ins Leere. Ab und zu bewegte er die Lippen, ohne allerdings etwas zu sagen.

Dann senkte er wieder den Blick und fragte: »Und was hat sie von dir gewollt?«

»Sie hat mir Mut zugesprochen.«

Ziegler lachte auf einmal meckernd auf. »Das glaubst du doch selbst nicht, verdammt! Wieso Mut zusprechen?«

»Sie hat mir gesagt, dass nicht alles verloren ist.«

»Die Geisterstimme einer verfluchten Unperson hat dir also Mut zusprechen wollen?«

»So war es.«

»Und was noch?«

»Mehr nicht.«

»Hat sie nicht auch etwas anderes erwähnt? Zum Beispiel das Amulett? Will sie es nicht zurückhaben?«

»Hat sie nicht gesagt.«

Jean Ziegler nickte. Es war allerdings kein Zeichen dafür, dass er zufrieden war. Es sah eher wie ein nachdenkliches Nicken aus. »Ich freue mich, dass du auf einmal so kooperativ bist. Obwohl ich Probleme mit dieser unsichtbaren Elektra habe.« Er strich mit der kalten Messerklinge wieder über ihre Haut, über ihre nackten Brüste. »Überzeugt hast du mich jedenfalls nicht.«

»Das ist dein Problem.«

»Nein, nicht nur. Halt mich nicht für dumm. Du gibst also zu, dass du nicht allein warst. Aber ich möchte auch noch von dir wissen, wo sich das Amulett befindet.«

»Das weiß ich nicht.«

»Ach!«

»Ja, verdammt!«, schrie sie. »Ich weiß es einfach nicht! Ich habe es …«

Plötzlich zuckte das Messer auf sie herab, aber die scharfe Klinge ritzte nur ihren linken Oberschenkel. Blut sickerte aus der Wunde, die jedoch nicht sehr tief war, dafür aber einen beißenden Schmerz erzeugte.

»Muss ich deutlicher werden?«, fragte Ziegler, der die Klinge Azucenas Gesicht näherte. »Muss ich das wirklich?«

»Hören Sie auf, verdammt!«

»Sobald ich die Wahrheit erfahren habe.«

»Die habe ich gesagt!«

»Diesmal kannst du keine Elektra vorschicken. Geistergeschichten habe ich als Junge geliebt. Dann waren sie mir zu harmlos, also habe ich mir die richtig üblen Horrorstreifen auf Video besorgt. Du weißt schon, diese Filme mit viel Blut und Folter und Metzeleien.«

»Da hätten deine Eltern mal besser auf dich Acht geben sollen«, entgegnete Azucena bissig, »dann wäre aus dir vielleicht nicht so ein krankes Schwein geworden!«

»Du willst es offenbar nicht anders«, knurrte er und schnitt zweimal zu.

Diesmal konnte Azucena nicht anders und schrie auf. Er hatte die rasiermesserscharfe Klinge über ihre linke und rechte Wange gezogen.

Sie spürte den Schmerz, spürte, wie das warme Blut aus den Wunden rann, und allmählich wurde ihr klar, wie ungeheuer gering ihre Chancen standen.

Aber die Wahrheit sagen?

Nein, das würde sie nicht. Und wenn die Folter noch so schlimm werden würde. Auf keinen Fall sollten die verdammten Höllensöhne, denen sie abgeschworen hatte, das Amulett in ihre schmutzigen Finger bekommen. Sie dachte an ihre Vergangenheit und daran, dass sie wiedergeboren worden war. Irgendeinen Sinn musste das doch haben. Irgendetwas war da noch im Hintergrund, das verdammt wichtig war.

Jemand öffnete die Tür.

Das quietschende Geräusch kannte sie. Ob es allerdings eine Hoffnung verhieß, war zweifelhaft.

Wenig später hörte sie eine fremde Männerstimme.

»Kommst du mal, Jean?«

»Was ist?«

»Es gibt etwas zu bereden!«

»Jetzt?« Es war Ziegler anzuhören, dass ihm das nicht in den Kram passte.

»Es ist wichtig.«

»Gut.« Ziegler nickte. Er gab seinen Leuten einen Wink, dass sie mit ihm kommen sollten. Azucena würde sich nicht befreien können.

»Nur eine kleine Pause«, sagte er zu ihr und lächelte. »Danach machen wir weiter …«

»Was ist denn passiert?«, fragte Ziegler draußen im Gang.

»Wir sind uns nicht ganz sicher. Aber da sind verdächtige Bewegungen in den Bergen.«

»Wo?«

»Ganz in unserer Nähe.«

»Gibt es schon eine Identifizierung?«

»Nein.«

»Könnten es Steinböcke gewesen sein?« Ziegler fragte nicht ohne Grund, denn diese seltenen Tiere gab es in Graubünden; sie waren sogar im Wappen des Kantons abgebildet.

»Möglich, aber unwahrscheinlich«, wurde ihm geantwortet.

Ziegler betrat den relativ großen Überwachungsraum. Wie überall in der Festung gab es auch hier keine Fenster; für Frischluft sorgte die Belüftungsanlage. Auf mehreren Bildschirmen waren die Bilder zu sehen, die verschiedene Überwachungskameras lieferten.

Die Männer vor den Kontrollgeräten drehten die Köpfe, als Ziegler eintrat.

»Wo liegt das Problem?«

»In den Bergen!«

Ziegler trat an den Platz des Sprechers heran und schaute auf den Bildschirm. Auch wenn die Berge bereits im Dunkel der Dämmerung lagen, konnte man die Umgebung noch recht gut erkennen. Eines der Bilder wurde herangezoomt, und Ziegler sah eine mit Steinen gefüllte Rinne, die als Ab- und Aufstieg geeignet war.

»Waren es Menschen?«

Der Mann vor der Konsole hob die Schultern. »Ich hab etwas gesehen. Es war da, aber es war ebenso schnell wieder weg. Eine genaue Beschreibung kann ich leider nicht liefern.«

Ziegler wurde wütend und schrie den Mann an: »Mensch oder Tier, verdammt noch mal?«

»Ich würde eher auf Menschen tippen.«

»Mehrere?«

»Ja, zumindest zwei.«

Ziegler runzelte die Stirn. Er dachte an Don Harris, und plötzlich kam ihm der Gedanke, einen Fehler begangen zu haben. Er hätte konsequenter sein müssen und dem verdammten Psycho-Cop nicht so viel Zeit zugestehen sollen. Offenbar hatte Harris sie zu nutzen gewusst.

»Bleibt wachsam!«, schärfte Ziegler seinen Leuten ein und schickte zwei Wachposten nach draußen.

Er selbst wollte sich wieder um Azucena kümmern. Je eher sie den Mund aufmachte, umso besser.

Und sie würde reden, da war er sich ganz sicher. Er war ein Meister der Folter…

10

Echte Drachenflieger-Fans schwärmen von ihren Flügen und erzählen gern und viel von der unendlichen Freiheit, die sie dann erleben und die angeblich mit Worten kaum zu beschreiben ist.

Das sah Don Harris anders. Dennoch musste er zugeben, einen guten Start gehabt zu haben. Der Wind war perfekt und hatte ihn von der Kante des Plateaus weg in die Weite über dem Tal getragen, dessen drei Seiten von hohen Bergrücken umschlossen waren.

Doch das Gefühl von Freiheit erlebte Don Harris nicht; davon war er weit entfernt. Er war vielmehr froh, sich in seiner doch schweren Kleidung in der Luft halten zu können.

Über Sprechfunk stand er mit dem Team in Verbindung.

»Don?«, hörte er Riglis Stimme.

In Höhe des rechten Mundwinkels befand sich das kleine Mikro. »Ja, ich bin okay.«

»Sie verstehen mich gut?«

»Ich kann mich nicht beschweren. Es knistert zwar etwas, aber das ist nicht weiter schlimm.«

Rigli bewies mit seiner Antwort, dass er Humor hatte. »Das Knistern kann die Spannung sein, die Sie fesselt.«

»Möglich.«

»Ansonsten kommen Sie klar?«

»Ja. Nur werde ich jetzt zusehen, dass ich an Höhe gewinne. Ansonsten melde ich mich wieder.«

»Und wir machen uns jetzt auf die Socken.«

»Ja, tun Sie das.« Danach musste sich Don wieder auf das Lenken des Paragleiters konzentrieren. Das Rauschen des Flugwinds umgab ihn, wie ein Dach befand sich das Segel über ihm.

Das Fluggerät war mehrmals kontrolliert worden. Sollte irgendein Riss im Kunstfasergewebe sein, verzog sich das Gewebe, und dann verteilte sich die Belastung auf den Riss. Die Folge wäre ein Absturz. Deshalb hatte das Material auch eine besondere Oberflächenbearbeitung, denn die kreuzenden, verdrillten Garne mussten Hitze, Kälte und enorme Belastung aushalten.

Don Harris hatte beim Start alle Regeln eingehalten. Das Gurtzeug war perfekt eingehängt, die Einstellhöhe stimmte, die Drachenspitze zeigte in Windrichtung, alle Rohre waren miteinander verbunden und verdreht worden. Die Seilverspannungen stimmten und wiesen keine Beschädigungen auf – darauf hatten Riglis Leute geachtet. Nur fliegen musste Don selbst.

Die Steuerung bestand aus zwei Achsen. Durch Gewichtsverlagerung erreichte er eine Richtungsänderung. Die allerdings brauchte er in den ersten Minuten nach dem Start nicht vorzunehmen.

Er glitt hinein in die Dämmerung, die bereits dabei war, von der Nacht geschluckt zu werden. Der Himmel lag über ihm wie ein dunkles Tuch, in das jemand Löcher hineingeschnitten hatte, sodass das dahinterliegende Licht aussah wie kleine gelbe Funken, die sich auf dem unendlichen Firmament verteilten.

Dass diese hellen Punkte oft Lichtjahre entfernt lagen, war kaum zu fassen.

Es verging nicht viel Zeit, da hatte sich Don an den Paragleiter gewöhnt und auch an seine gestreckte Haltung. Auch das Rauschen kam ihm nicht mehr so laut vor, ihn überkam sogar der Eindruck, in eine wunderbare Stille hineinzusegeln.

Seine Lenkbewegungen stimmten auch. Er probierte aus, wie er an Höhe gewinnen konnte, und ließ das Gerät anschließend wieder um einige Meter sinken, aber er blieb dabei stets auf Kurs.

Erneut meldete sich der Hauptmann. »Sie fliegen genau in die richtige Richtung, Don. Die Sache läuft.«

»Ich sehe bereits das Massiv vor mir.«

»Halten Sie sich jetzt etwas nach links. Es könnte sonst sein, dass man Sie entdeckt. Es ist zu befürchten, dass unsere Freunde die Umgebung mit Nachtsichtgeräten unter Kontrolle halten. Wir benutzen die Dinger ja schließlich auch.«

»Geht in Ordnung.«

»Dann gute Landung.«

Don musste sich konzentrieren. Vor ihm lag der Berg. Er kam sich plötzlich so klein vor, aber das Bild, das ihm geboten wurde, war wirklich fantastisch.

Die Dunkelheit war noch nicht bis zum Gipfel vorgedrungen, der vom allerletzten Tageslicht getroffen wurde, und durch den dort oben liegenden und nicht geschmolzenen Schnee wirkte der Gipfel so, als wäre er weiß angemalt. Der Rest des Berges versank in Dunkelheit, als wäre er von einem Höllenloch verschlungen worden.

Diesen letzten Rest Tageslicht musste Don nutzen. Genau dort, wo er landen wollte, lag der alte Bunker. Er war in den Berg hineingebaut worden. Rigli hatte Fotos besorgt, die Don sich angeschaut hatte. So hatte er auch einen günstigen Landeplatz ausmachen können, der über der Festung lag.

Er flog ihn bereits an. Der Wind stand auf seiner Seite. Es gab keine Turbulenzen und auch kein schnelles Wechseln, und der hier auftretende Abendwind drang tiefer in das Fex-Tal hinein und wehte bis weiter zu den Seen, wo er sich mit dem Maloja-Wind vereinigte.

Vor der Landung musste Don noch einen Halbbogen fliegen. Er lenkte den Drachen behutsam in eine Linkskurve und hatte sie noch nicht beendet, als er sich bereits dicht oberhalb der Festung befand, von der kaum etwas zu sehen war.

Die Landung.

Neben dem Start der schwierigste Teil des Fluges. Don brauchte nicht in den Seitengleitflug, sondern sank tiefer, und nichts wies darauf hin, dass der Drachen abschmierte. Es lief fast perfekt, wenn da nicht der Boden gewesen wäre. Der hatte aus der Höhe völlig eben ausgesehen, doch das war er nicht. Don sah auf einmal große spitze Steine vor sich, zog den Steuerbügel vor der Bodenberührung leicht an, erwischte mit seinen Füßen den Untergrund, zog den Bügel dann an sich heran und hielt ihn auch so.

Geschafft!

Wer immer seine schützende Hand über ihn gehalten hatte, er hatte es gut gemacht. Er befreite sich von dem Gurt und nahm das Gerät mit wenigen Handgriffen so weit auseinander, dass es sich nicht selbstständig machen konnte.

Don hoffte, dass er von der anderen Seite nicht entdeckt worden war. Der eine Teil der Mission war gelungen, der zweite lag noch vor ihm. Es würde schwer werden, das stand fest.

Am Hang des Berges war der Wind noch kälter. Er strich über Dons Gesicht, auf dem ein feuchter dünner Film aus Schweiß lag. Seine Blicke schweiften umher, und da er kaum etwas erkennen konnte, schob er seine Spezialbrille vor die Augen. Die dunkle Nacht wurde zum Tage, der einen leicht grünlichen Schimmer hatte, als würde sich Don durch einen virtuellen Raum bewegen.

In seiner Nähe hielt sich offenbar niemand auf. Ob

sich jemand hinter irgendwelchen Felsbrocken verbarg, war natürlich nicht zu erkennen, dennoch war Don zunächst beruhigt.

Bevor er das Gelände genauer unter die Lupe nahm, meldete er sich bei Hauptmann Rigli und nannte das Codewort »Alphorn«.

»Sie sind gelandet? Gratuliere.«

»Danke.«

»Wie sieht es aus?«

»Hier ist alles ruhig.«

»Sehr gut. Haben Sie den Eingang zum Bunker schon entdeckt?«

»Leider nicht. Er ist zu gut getarnt.«

»Keine Sorge, Don, Sie sind richtig. Wir haben Sie angepeilt. Die Festung liegt praktisch unter Ihnen. Wenn Sie ein Loch bohren, fallen Sie den Typen direkt auf die Köpfe.«

»Danke, darauf verzichte ich. Wie weit sind Sie und Ihre Männer gekommen?«

»Knapp die Hälfte.«

»Alles klar. Ich werde mich mal näher umschauen.«

»Dann viel Glück.«

»Danke, kann ich brauchen.«

Der Psycho-Cop hatte sehr ruhig gesprochen. Nur verspürte er diese Ruhe nicht. Er wusste auch, dass er nicht lange allein bleiben würde.

Ihn umfing die Stille der Berge. Sie war etwas Wunderbares. Manche sagen sogar: etwas Heiliges. Wirklich schwer zu beschreiben. Die Stille war zu atmen, sie tat einfach gut, doch wer genauer hinhörte, der vernahm auch das leise Rauschen des Windes, der hier ständig wehte. Der Mond sah aus wie ein an der Seite eingetretener Fußball.

Don überprüfte seine Waffen. Das Messer, die Heckler & Koch. Auf die Maschinenpistole hatte er verzichtet. Dafür hatte er noch einige Granaten mitgenommen, als kleine Überraschung gewissermaßen.

Das Gelände unter seinen Füßen war leicht abschüssig. Dass sich dort ein Bunker befinden sollte, war nicht zu sehen.

Don bewegte sich vorsichtig abwärts und erreichte einen mit Geröll übersäten Platz. Er sah auch den Beginn eines gewundenen Wegs, der ins Tal führte und nur mit Spezialfahrzeugen zu befahren war.

Es war kein einfaches Laufen. Hindernisse gab es genug. Doch die Spezialbrille gewährte ihm eine gute Sicht. Er achtete darauf, keine verdächtigen Geräusche zu verursachen. Obwohl er bisher keinen Menschen gesehen hatte, rechnete er damit, dass die andere Seite Wachposten aufgestellt hatte und sich dabei moderner Elektronik bediente. Es bestand trotz seiner Vorsicht durchaus die Möglichkeit, dass er schon entdeckt worden war.

Er setzte seinen Weg trotzdem fort – und blieb plötzlich stehen, als er ein Geräusch vernahm, das einfach nicht in diese Nacht hineinpasste.

Es war nicht mit einem Quietschen gleichzusetzen, es ließ sich überhaupt schlecht identifizieren. Vielleicht ein Schaben, das aber sicherlich nicht von einem Tier stammte.

Don ging nicht mehr weiter. Er schaute nach links. Von dort hatte ihn das Geräusch erreicht. Und genau in dieser Richtung lag auch der Zugang zur Festung.

Er wurde noch vorsichtiger. Etwa zwei Minuten wartete er ab und lauschte angespannt. Zu sehen war nichts, was auch an der Form des Geländes lag, denn zwischen ihm und dem Eingang lagen einfach zu große Hindernisse, als hätte jemand bewusst irgendwelche Felsbrocken dorthin geschleudert.

Don wartete nicht mehr länger. Aber er bewegte sich noch vorsichtiger und achtete darauf, auch keine kleinen Steine ins Rollen zu bringen und sich so zu verraten.

Er passierte einige Felsbrocken, die aussahen, als würden sie sich jeden Augenblick vom Boden lösen, um ins Tal zu rollen. Er sah bereits das flache Stück Erde vor dem Bunker – und blieb abrupt stehen!

Urplötzlich kam es über ihn!

Das normale Bild verschwand, und er sah dafür … *etwas anderes*. Es war, als würde ein Film vor seinen Augen ablaufen:

Ein bewaffneter Mann in einem schwarzen Kampfanzug …

… richtete sich hinter seiner Deckung auf …

… legte eine Waffe an – und …

Don fühlte sich aus seiner normalen Existenz herausgerissen. Er sah etwas, das noch nicht passiert war, aber sehr bald eintreten würde, und diese Gefahr galt ihm.

Schon in seiner Kindheit hatte er bestimmte Ereignisse, die sich erst in der nahen Zukunft abgespielt hatten, voraussehen können, und diese Gabe war ihm auch geblieben.

Don fuhr auf der Stelle herum und war froh, noch die Brille zu tragen, denn so konnte er alles sehen.

Diesmal geschah es wirklich – und zwar im Hier und Jetzt!

Hinter ihm richtete sich der Mann im Kampfanzug auf und legte mit einem Schnellfeuergewehr auf ihn an…

Das Nachdenken war bei Don Harris ausgeschaltet, und er handelte nur noch reflexartig, griff nach dem Messer, riss die Klinge aus der Beinscheide und warf.

Als fahler Blitz huschte der Stahl durch die Luft und grub sich in die Kehle des Mannes.

Einen Schuss konnte er nicht mehr abgeben. Don hörte noch ein Röcheln und sah den Mann zusammenbrechen. Als er zu Boden fiel, gerieten einige Steine in Bewegung und rutschten in Dons Richtung. In der Stille klang das Geräusch überlaut.

Harris blieb an seinem Platz. Er wartete ab, ob noch etwas passierte. Es war möglich, dass sich dieser Wachposten nicht allein vor dem Bunker befunden hatte. Da ging er lieber auf Nummer Sicher.

Nichts rührte sich in Dons Umgebung, und er entspannte sich. Zugleich wurde er sich bewusst, wie knapp er dem Tod entgangen war. Seine besondere Gabe hatte ihn mal wieder gerettet.

Er hatte nur einige Meter bergauf zu gehen, um den Mann zu erreichen. Er lag auf dem Rücken. Das Messer steckte tief in seinem Hals. Um ihn herum bildete das austretende Blut eine Lache.

Don riss das Messer aus der Wunde, reinigte die Klinge an der Kleidung des Toten und steckte es wieder ein. Er hatte ein Hindernis aus dem Weg geräumt, war aber noch keinen Schritt weitergekommen. Vor allen Dingen wusste er nicht, wie er in den Bunker gelangen sollte, dessen Eingang sicherlich entsprechend gesichert war.

Auf einmal spürte er etwas. Er war nicht mehr allein, das verrieten ihm seine Sinne. Nicht seine übersinnlichen, sondern die, die ihm als ESI-Agent in der harten Ausbildung antrainiert worden waren. Es befand sich jemand hinter seinem Rücken.

Er wirbelte herum, riss die Pistole hervor, ließ sich gleichzeitig fallen, um sich selbst aus der Schusslinie zu bringen – und …

»Nicht doch, Don. Ich bin es!«

Er hatte nicht damit gerechnet, Elektra zu sehen, aber sie stand tatsächlich vor ihm und lächelte ihn an!

Don war völlig verwirrt. Seine überschnelle Reaktion hätte ihn gerettet, wäre Elektra ein Feind gewesen. Aber das war sie nicht. Im Gegenteil, sie war seine engste Verbündete im Kampf gegen die Höllensöhne.

Der Psycho-Cop erinnerte sich sogleich an seinen Flug nach Zürich. Da hatte er mit Elektra gesprochen. Sie war bei ihm gewesen, ohne körperlich anwesend zu sein. Nun aber sah er sie ganz normal; ihre Erscheinung hatte ganz und gar nichts Geisterhaftes an sich.

»Überrascht?«, fragte sie.

»Kann man wohl sagen.« Er erhob sich und steckte die Knarre wieder weg.

»Ich liebe Überraschungen.«

»Ja, das sehe ich«, murrte er.

»Sieh es nicht so eng.«

»Nicht so eng sehen?« Don lachte freudlos auf. »Weißt du eigentlich, was hier los ist? Wir stehen hier und unterhalten uns, und jeden Augenblick kann ein zweiter Typ auftauchen, der mir und nun auch dir an den Kragen will.«

»Lass ihn doch kommen.«

»Toll ...«

»Komm her!« Elektra streckte ihm die Hand entgegen, und Don fragte sich, was das wieder sollte. Aber er tat ihr den Gefallen und ging die paar Schritte auf sie zu.

Kurz bevor er sie erreichte, überkam ihn ein seltsames Gefühl. Er hatte den Eindruck, gegen ein Hindernis gelaufen zu sein. Es war allerdings schwach, und im nächsten Moment berührten sich ihre Hände.

Elektra lächelte ihn an. Ihr ebenmäßiges Gesicht

wurde von rötlichen Haaren umrahmt. »Was man versprochen hat, muss man halten«, sagte sie. »Und ich habe versprochen, auf euch Wächter aufzupassen.«

Er hatte verstanden, aber nicht begriffen. Deshalb schüttelte er den Kopf und fragte: »Du passt auf mich auf?«

»Sicher.«

»Wieso?«

»Es ist meine Aufgabe.«

Harris verstand die Welt nicht mehr. Er war gekommen, um in den Bunker einzudringen und Azucena zu befreien, und auf einmal stand Elektra vor ihm und erzählte von den »Wächtern« und ihrer Aufgabe. Dass nicht alle Geheimnisse gelöst waren, die ihre Person betrafen, damit hatte er sich schon abgefunden, aber die Rätsel wollten offenbar kein Ende nehmen.

»Von wem hast du diese Aufgabe bekommen?«, wollte Don wissen.

»Später.«

Don stöhnte auf. »Von dir bekomme ich immer nur diese eine Antwort zu hören, was?« Er schüttelte den Kopf und sagte dann: »Okay, wie du willst. Und jetzt?«

»Bilden wir wieder ein Team.« Sie lächelte ihn an. »Erinnere dich an den Glastonbury Tor, wo dir der Verräter Mac Sterling eine Falle stellen wollte…«

»Wie könnte ich das vergessen?«

»Eben. Und jetzt sind wir wieder gefordert. Es geht um Azucena. Man hält sie gefangen, aber sie lebt. Sie ist das Pfand. Aber die Höllensöhne werden sie töten, so oder so.«

»Raus mit der Sprache, Elektra!«, forderte Don. »Kennst du diese Azucena von früher?«

Elektra nickte. »Ja, das tue ich.«

»Warum hast du mir das nicht in Spanien erzählt?«

»Weil ich sie erst später wiedererkannte.«

»Was?«

»Die Erinnerung kam erst später.«

Abermals schüttelte Don den Kopf. »Das wird mir alles zu viel…«

»Sie hat sich nicht so entwickelt wie ich und ist deshalb einen anderen und auch falschen Weg gegangen.«

»Moment mal«, sagte Don. »Das hört sich an, als würdet ihr auf eine bestimmte Art und Weise zusammengehören.«

»Das kann schon sein.«

»Wenn du weißt, wo sie ist, warum hast du sie nicht befreit? Mit deinen Fähigkeiten wäre das doch sicher möglich, oder?«

Elektra schüttelte den Kopf. In ihrem Gesicht zeigte sich ein bedauernder Ausdruck. »Da muss ich dich leider enttäuschen, Don. Auch mir sind Grenzen gesetzt.«

»Ach?«

»Es ist wichtig, dass *du* sie befreist. Oder besser gesagt: wir gemeinsam. Aber wir müssen Acht geben.«

»Was du nicht sagst. Zunächst mal müssen wir wohl

in diesen verdammten Bunker reinkommen, denke ich.«

Elektra nickte. »Du solltest Vertrauen haben.«

»Bleibt mir was anderes übrig?«

»Sei nicht so skeptisch, Don. Komm, lass uns gehen.«

Der Psycho-Cop schüttelte den Kopf. Elektra verhielt sich, als befänden sie sich auf einer Party und nicht auf einer gefahrvollen Mission.

Sie fasste nach seiner Hand, und wie zwei Wanderer liefen sie den leicht nach links geneigten Hang hinab, um in die Nähe des Eingangs zu gelangen.

Für Don kam das einem Selbstmord gleich, aber Elektra ließ sich nicht beirren, auch dann nicht, als plötzlich eine dunkel gekleidete und auch bewaffnete Gestalt auftauchte. Es war der zweite Wachposten, mit dem Don gerechnet hatte.

Don wollte abtauchen und griff gleichzeitig nach seiner Pistole, aber Elektra hielt ihn fest.

»Nicht doch …«

»Verdammt, er wird …«

»Verlass dich auf mich!«

Don erwiderte nichts. Dafür sah er, wie sich der Wachposten umdrehte und genau in ihre Richtung schaute.

Und Don erlebte ein weiteres Phänomen, das er zunächst nicht fassen konnte. Es musste mit Elektra zu tun haben.

Der Mann sah sie nicht!

Im blassen Licht des Mondes hoben sich die beiden von der dunklen Umgebung deutlich ab. Da reichte ein kurzer Feuerstoß, um sie ins Jenseits zu befördern. Aber nichts dergleichen passierte.

Der Posten tat völlig unbeteiligt, obwohl seine weiteren Bewegungen von einem gewissen Misstrauen zeugten, das allerdings nicht ihnen galt. Es hatte den Anschein, als suchte er jemanden.

»Er hätte uns sehen müssen!«, flüsterte Don.

»Ich weiß.«

»Und warum hat er uns nicht gesehen?«

»Weil ich bei dir bin.«

»Super. Ich habe ja mit dir schon vieles erlebt, aber in diesem Fall …«

»Befinden wir uns in einem Zwischenreich. Praktisch in einer Warteschleife zwischen dem Diesseits und dem Jenseits. Sie ist nicht für alle Menschen offen, aber für einige wenige schon. Denn der Tod muss nicht immer das Ende sein. Jedenfalls für einige Menschen nicht.«

»Wie für dich.«

»Ja.«

Don nickte. »Klar, ich habe dich ja auf dem Hochzeitsfoto meiner Eltern gesehen, und jetzt stehst du neben mir, ohne auch nur einen Tag gealtert zu sein.«

»Genau, Don. Ich gehöre zu den wenigen Menschen, die es geschafft haben, in diese Zwischenwelt, in die ›Warteschleife‹ zu gelangen. Ob es für immer und ewig ist, kann ich nicht sagen. Aber ich bin in der Lage zurückzukehren in die Welt der Sterblichen, um dann in Aktion zu treten. Ich habe das erreicht, was sich so viele wünschen.«

Harris musste nicht zu lange nachdenken. Mit leiser Stimme sagte er: »Verstehe, Elektra. Ja, ich begreife, was los ist. Wir befinden uns nicht mehr in der normalen Welt, sondern sind in einer anderen Dimension. Wir können die Realität sehen und erleben, doch wir werden zugleich von den Menschen nicht wahrgenommen. Liege ich da richtig?«

»Perfekt.«

»Sind dann die Gesetze der Physik für uns aufgehoben?«

»Nicht alle. Es gibt noch Hindernisse, aber von denen erfährst du später.«

Don akzeptierte dies. Der Wachposten befand sich noch in ihrer Nähe. Elektra bemerkte Dons Unruhe und sagte: »Dieser Mann passt dir nicht.«

»Genau.«

»Du hast die Wahl, Don. Du kannst ihn ausschalten, aber du kannst ihn auch für dein Vorhaben nutzen. Solange du bei mir bist, wirst du nicht gesehen, sobald du meine direkte Nähe verlässt, ist alles wieder normal. Leider kann ich dich und mich nicht durch Felswände ›beamen‹, dazu reicht es nicht, aber wir sollten kreativ sein und unsere Chancen nutzen.«

»Verstehe.« Don lächelte. »Du gehst davon aus, dass er uns in die Festung bringen könnte.«

»Wenn wir es richtig anstellen, sicher.«

Don war einverstanden. Er hatte sich zwar noch nicht richtig an die neue Lage gewöhnt, doch die Chance, die sich ihm hier bot, wollte er ergreifen.

Zusammen mit Elektra und wie ein Kind an ihrer Hand bewegte er sich auf den Wachposten zu. Der Mann hatte sich wie zufällig gedreht. Er schaute in ihre Richtung, sah sie aber nicht. Er drehte sich auf der Stelle, so als würde er jemanden suchen, wahrscheinlich seinen Kumpan, und da der Erfolg ausblieb, wusste er nicht, wie er sich verhalten sollte.

Don und seine Begleiterin hatten ihn inzwischen erreicht.

»Geh wieder zurück in den Bunker!«, befahl Elektra dem Mann.

Der Kerl stutzte und rührte sich für einen Moment nicht von der Stelle, dann fuhr er herum, die Waffe im Anschlag, doch einen Feind konnte er nirgends ausmachen.

»Scheiße!«, zischte er. »Ich ... ich bin doch nicht verrückt!«

»Geh zurück!«

Wieder schrak der Mann zusammen. Seine Augen weiteten sich. Er erlebte etwas, das überhaupt nicht in sein Weltbild passte. Er stöhnte auf.

»Mach schon!«

Der Wachposten ging zurück. Noch immer suchte er nach demjenigen, der ihm den Befehl, in den Bunker zurückzukehren, erteilt hatte. Sein Kopf bewegte sich hektisch von links nach rechts. Der Mund hatte sich verzogen und sah so aus wie das Grinsen eines Schwachsinnigen.

Er ging schließlich zurück, doch es war kein normales Gehen. Er stolperte einige Male und hatte Glück, dass er dabei nicht zu Boden fiel. Er dachte auch nicht mehr an seinen Kumpan, sondern wollte so schnell wie möglich in den Bunker.

Wenig später sahen auch Elektra und Don den Eingang aus nächster Nähe. Er passte sich in seiner Farbe perfekt dem Felsgestein an, war ebenso grau und konnte sehr leicht übersehen werden. Man musste schon nahe an ihn heran, um ihn ausmachen zu können.

Elektra und Don sahen Überwachungskameras, und sie hörten auch eine Stimme, die plötzlich aus einem Lautsprecher drang.

»Was ist los, Manuel?«

»Verdammt, macht mir auf!«

»Warum?«

»Ich muss mit Ziegler reden!«

Die Stimme ging nicht darauf ein. Stattdessen fragte sie: »Wo steckt Vincent?«

»Ich weiß es nicht.«

»Such ihn!«

»Nein, ich muss rein!«

Der Sprecher ließ sich nicht beirren. »Hast du jemanden gesehen?«

»Nein, hab ich nicht. Aber hier stimmt einiges nicht, auch wenn es nicht so aussieht.«

»Warte, ich werde fragen.«

»Ja, aber beeil dich!« Manuel war nicht nur nervös, er hatte auch Angst bekommen. Er stand vor dem breiten Tor wie eine kleine Figur, die sich hektisch bewegte. Dem Eingang hatte er den Rücken zugekehrt, das Gewehr hielt er mit beiden Fäusten umklammert und suchte vergeblich ein Ziel. Er wusste, dass sich jemand in der Nähe aufhielt, aber dieser Jemand war nicht zu sehen. Oder hatte er eine Geisterstimme vernommen?

Elektra und Don standen direkt neben ihm. Beide schwiegen, denn sie wollten es nicht auf die Spitze treiben, und endlich meldete sich die Lautsprecherstimme wieder.

»Okay, du kannst reinkommen!«

»Endlich!«

Das Tor schwang auf, allerdings sehr langsam und mit lautem Kreischen. Als es gut einen Meter offen war, stoppte der Mechanismus. Das war weit genug, um hindurchschlüpfen zu können, was der Wachposten auch tat. Er wurde von zwei seiner Kameraden in Empfang genommen und erklärte ihnen, dass er unbedingt mit Ziegler sprechen müsste.

»Was ist mit Vincent?«, wurde er gefragt.

»Ich weiß nicht. Er ist verschwunden.«

»Das wird Ziegler interessieren.«

Bevor sich das Tor wieder schloss, waren auch Elektra und Don in den Bunker geschlüpft. Sie bewegten sich noch immer in diesem Zwischenreich, konnten selbst sehen, ohne aber von anderen Menschen gesehen zu werden.

Die Ausmaße dieser unterirdischen Festung überraschten Don schon. Die Gänge waren so breit, dass sie auch von Panzern durchfahren werden konnten. Grauer Beton bedeckte die Wände, und auch die Decken bestanden aus diesem Material.

Der breite Gang führte in die Tiefe. Von ihm gingen zwei andere ab, und Don ging davon aus, dass es im Berg ein wahres Labyrinth gab.

Elektra und Don waren zwar nicht zu sehen, doch lautlos konnten sie sich nicht bewegen. Man würde ihr Auftreten hören, ihre Stimmen, wenn sie sprachen, und so hielten sie sich zurück und setzten ihre Schritte nur sehr vorsichtig.

Dieser Manuel wollte zu Jean Ziegler, den Anführer, und genau der stand auch auf Dons Liste. So mussten sie nur den Männern folgen, die in einen der Quergänge traten.

Das Licht hier unten war kalt. Normale Schritte erzeugten in den leeren Gängen Echos, und so traten Elektra und Don nur sehr vorsichtig auf.

Unterschiedlich große Türen verteilten sich an den kahlen Wänden. Was in den Räumen dahinter gelagert wurde, interessierte sie zunächst nicht. Sie blieben den drei Männern auf den Fersen, die schließlich vor einer bestimmten Tür stoppten.

Die Tür wurde von innen aufgezogen, und auf einmal stand Ziegler auf der Schwelle.

Don hatte ihn auf dem Corviglia erlebt, und dieser Typ hatte sich nicht verändert. Von ihm ging eine brutale Kälte aus und überhaupt keine menschliche Wärme. Männer wie er gingen über Leichen, und das mussten Typen wir er auch ständig beweisen.

»Komm rein!«

»Ja, Jean, ja …« Manuel stolperte über die Schwelle. Die beiden anderen gingen wieder zurück. Sie schlenderten an den unsichtbaren Beobachtern vorbei, ohne sie zu bemerken.

Die Tür, hinter der Ziegler und Manuel verschwanden, bestand aus Metall und war so dick, dass sie jeden Laut verschluckte, der im Raum dahinter gesprochen wurde. Da brauchten Don und Elektra erst gar nicht zu lauschen.

»Ziegler wird nervös werden«, murmelte Don. »Möglicherweise hat das Team des Schweizer Geheimdienstes, mit dem ich zusammenarbeite, den Bunker bereits erreicht und umstellt.«

»Wie wollen die denn hier eindringen?«

Don zuckte mit den Schultern. »Das ist ihre Sache. Uns geht es in erster Linie um Azucena. Ziegler wird uns zu ihr führen und …«

»Nein, wird er nicht, Don«, widersprach Elektra. »Wir brauchen ihn nicht.«

»Nein?«

»Nein – denn ich weiß, wo sich Azucena aufhält.«

»Du bist schon bei ihr gewesen?«

»Indirekt. Ich konnte mich nicht offen zeigen, weil

ihre Zelle auch von innen bewacht wurde. Aber ich weiß, wo wir hinmüssen.«

»Dann los!«

»Wir müssen trotzdem leise sein.«

»Versteht sich.«

Don überließ Elektra die Führung. Sie ging nicht sehr schnell, und sie erklärte Don, dass die Zellentür, hinter der sie Azucena finden würden, leicht zu öffnen war. Es musste nur ein Hebel umgelegt werden.

»Gut, dann haben wir leichtes Spiel.«

Elektra wollte Dons Optimismus nicht zerstören. Bisher war alles glattgelaufen, doch dass es so bleiben würde, war eine reine Glaubenssache.

Azucenas Zelle befand sich in der Nähe des Bunkereingangs. Also schlichen sie zurück. Es herrschte keine Aufregung innerhalb des Bunkers, aber eine bestimmte Spannung lag in der Luft. Trotz seiner Unsichtbarkeit spürte Don, dass nicht alles so glatt ablaufen würde, wie er es sich gewünscht hätte, und als sie zwei Militärfahrzeuge passiert hatten, die im Bunker geparkt waren, sah er die zwei bewaffneten Posten, die vor der Tür standen.

»Auch das noch!«, flüsterte Don. Und dann spürte er auf einmal den Druck an seiner Stirn.

Das dritte Auge entstand!

Es stellte die Verbindung zu Elektra dar. So war es schon mal gewesen, auf dem Glastonbury Tor, als Don und Elektra eine Einheit gebildet hatten, um gegen Mac Sterling und sein Killerkommando zu bestehen.

»Wir schalten sie aus!«, murmelte Don.

»Gut! Übernimmst du das?«

»Ja. Aber eine Frage noch: Wenn man auf uns schießt, kann man uns treffen?«

»Nein.«

»Das beruhigt mich.«

»Aber du kannst sie nur ausschalten, wenn du sichtbar bist, und dann bist du auch wieder angreifbar.«

»Shit!«

Er hatte das letzte Wort wohl etwas zu laut von sich gegeben, denn beide Aufpasser waren plötzlich aufmerksam geworden. Sie schauten sich hektisch um, sprachen dann miteinander, und einer zuckte ratlos mit den Schultern.

Don schlich auf den rechten der beiden Männer zu. Er hatte seine Pistole gezogen und spürte wieder diesen leichten Widerstand. Dann erkannte er in den Gesichtern der beiden Wachposten, dass für sie eine Welt zusammengebrochen sein musste, denn plötzlich sahen sie einen Mann und eine Frau wie aus dem Nichts erscheinen. Sie sahen auch das leuchtende Auge auf Dons Stirn, und für eine Sekunde lähmte sie der Schreck.

Diese Sekunde reichte dem Psycho-Cop.

Mit einem Satz war er heran, und der Lauf seiner Pistole krachte schräg gegen die Stirn des einen Postens. Don musste kein weiteres Mal zuschlagen. Der Wachposten legte sich schlafen.

Es gab noch den anderen.

Als Don hinschaute, sah er, was mit ihm passierte. Vor ihm stand Elektra, und in ihren Augen lag ein kalter Hexenglanz. Sie hatte den Mann übernommen, und sie sorgte dafür, dass sich der hypnotisierte Wächter selbst ausschaltete.

Mit dieser Kraft hatte sie schon Menschen in den Selbstmord getrieben, doch das geschah diesmal nicht. Elektra sorgte nur dafür, dass sich der Aufpasser nicht mehr bewegen konnte. Er stand starr und hielt die Augen weit geöffnet.

Elektra nahm ihm das Gewehr ab und schlug mit dem Kolben zu.

Kurz darauf lag der Typ vor ihren Füßen und bewegte sich nicht mehr.

»Gut?«, fragte sie.

Don nickte lächelnd.

»Dann kümmern wir uns mal um unsere Freundin Azucena. Ich denke, sie wartet bereits auf uns.«

Der lange schräge Hebel neben der Tür musste nach unten gedrückt werden. Don übernahm das. Elektra hielt ihm den Rücken frei. Sie hatte sich das Gewehr des Bewusstlosen genommen und sicherte.

Die Tür war breit, sie war schwer, doch durch ihre Hydraulik ließ sie sich recht leicht öffnen. Sie schwang nicht nach innen, Don musste sie nach außen aufziehen und riskierte einen ersten Blick.

Genau in diesem Moment heulten die Alarmsirenen los!

Es war die Stunde der Wahrheit. Bisher war alles zu glatt gelaufen. Nun aber malträtierte das schrille Geräusch die Ohren der Menschen, und auch Don und Elektra wurden nicht davon verschont.

In das Heulen der Sirenen mischten sich die Stimmen der Männer, die aufgeschreckt worden waren.

Don wusste, dass nicht er selbst den Alarm ausgelöst hatte. Das mussten Hauptmann Rigli und sein Team gewesen sein.

Dem Psycho-Cop fiel erst in diesem Moment auf, dass er keinen Funkkontakt mehr zu Rigli hatte. Der hätte ihm sicherlich ansonsten Bescheid gegeben, dass er und seine Männer den Bunker stürmten.

Die dicken Betonmauern der Festungsanlage machten jeden Funkkontakt nach draußen unmöglich. Damit hatten sie ja gerechnet, und es war momentan auch zweitrangig, denn jetzt ging es um Azucena und deren Befreiung.

Don sprang zuerst in die Zelle – und…

Sie war leer!

Don Harris stand wie vom Donner gerührt. Links neben ihm schob sich Elektra in den Raum, und ihrem Gesicht sah Don an, dass auch sie völlig überrascht war.

Sie sahen die karge Einrichtung und auch die kleinen Kameras an der Decke, aber es gab keine Azucena.

»Bist du sicher, dass wir hier richtig sind?«, zischte Don.

»Ja, sind wir!«

»Und Azucena?«

»Man hat sie weggeschafft, verdammt noch mal!«

Damit hatten die beiden nicht gerechnet. Sie standen da, bewegten sich nicht, und hinter Dons Stirn jagten sich die Gedanken. Azucena jetzt zu finden, würde verdammt nicht leicht sein, zudem waren Zieglers Vasallen aufgescheucht, und sie würden auf jeden schießen, den sie nicht kannten.

»Wir holen sie!«, sagte Elektra und drehte sich um.

Don folgte ihr in den Gang hinein. Er selbst hatte keine Ahnung, wo sie suchen mussten. Sie würden mächtig Probleme bekommen.

Elektra befand sich schon auf dem Weg zum Hauptgang. An der Einmündung blieb sie stehen und sondierte die Lage.

Schräg gegenüber flog eine Tür auf. Der Raum dahinter war erhellt. Bildschirme flimmerten bläulich. Davor standen vier Stühle, doch nur zwei waren besetzt.

Ein Mann brüllte einen Befehl. Er scheuchte seine Leute zu den Schießscharten in der Nähe des Eingangs. Die waren Don bisher nicht aufgefallen.

Er konzentrierte sich auf den Schreier, der leider nicht Ziegler war. Der Typ war groß, kahlköpfig und bewegte sich mit der Geschmeidigkeit eines Raubtiers.

Er verließ mit schnellen Schritten den Überwachungsraum – genau in dem Augenblick, als Don den breiten Gang betrat. Er wusste, dass ihm Elektra Rückendeckung geben würde.

Er geriet in das Blickfeld des Kahlköpfigen und wurde angestarrt wie ein Fabeltier. Bestimmt zeichnete sich auf seiner Stirn noch immer das dritte Auge ab.

Don Harris nutzte die Überraschung des Gegners.

Er rammte dem Kahlkopf den Lauf seiner Waffe unterhalb der Gürtelschnalle in den Leib. Das schluckte selbst der härteste Typ nicht. Mit einem weiteren Stoß gegen den Körper trieb Don den Mann bis gegen die Wand.

Die Sirenen heulten nicht mehr, und so konnte Don in einer normalen Stimmlage sprechen.

»Wo steckt Azucena?«

»Sie … sie …«, würgte der Kahlkopf hervor.

»Wo?«

»Verdammt, ich …«

»Bring uns hin!«

Der Mann deutete ein Nicken an. Er war ebenfalls bewaffnet. Nur dachte er nicht daran, die Pistole zu ziehen, die ihm Elektra ein paar Herzschläge später auch wegnahm.

Die Kerle im Überwachungsraum hatten von der Aktion nichts mitbekommen, sonst hätte Don sie ausschalten müssen, und zwar diesmal mit ein paar Kugeln. Er war kein Mann, der gerne tötete, und so war er froh, dass man sie nicht bemerkt hatte.

Der Kahlkopf stolperte vor. Die Waffenmündung

blieb gegen seinen Nacken gedrückt. Er ging schwankend weiter, bis sie einen Quergang erreichten, der recht dunkel war.

»Hier?«

»Ja.«

Es war mehr ein Stollen, es gab keinen Beton, die Wände wurden vom nackten Fels gebildet. Tief im Hintergrund waren Kampfgeräusche zu hören. Riglis Team musste es gelungen sein, den Bunker zu stürmen, aber die Männer vom Schweizer Geheimdienst waren dann auf Widerstand gestoßen.

Don erschnupperte den Geruch von Tränengas, der sie verfolgte, aber sie wurden nicht behindert.

Es gab nur ein Verlies in diesem Gang. Die Tür dorthin bestand aus alten, grob zusammengehämmerten Holzbohlen und stand halb offen, sodass aus dem Innenraum das kalte Licht nach draußen fiel.

»Ist sie dort?«, fragte Don.

»Ja.«

»Gut.« Er zog die Waffe zurück und benutzte sie im nächsten Moment erneut als Schlaginstrument.

Kein Haar dämpfte den Treffer. Der Kahlkopf gab einen gurgelnden Laut von sich und fiel auf die Knie, dann kippte er um. Don Harris packte zu und ließ ihn sanft zu Boden gleiten, damit er sich nicht ernsthaft verletzte. Reglos blieb er liegen. Um ihn brauchten sich Elektra und Don vorerst nicht mehr zu kümmern.

Jetzt ging es einzig und allein um Azucena.

Sie stießen die alte Holztür weiter auf und traten in das Verlies hinein.

Der Anblick erwischte sie wie der berühmte Hammerschlag.

Azucena war da. Aber sie war nicht allein. In ihrer Nähe stand ein besonderer Wächter – Jean Ziegler!

Elektra und Don erlebten die Stunde der Wahrheit, und sie erlebten sie verdammt intensiv. Was sie da zu sehen bekamen, damit hatten sie nicht gerechnet.

Azucena lag gefesselt auf einem alten Bett mit schmutziger Matratze. Die dunkelhaarige Frau trug keinen Faden mehr am Leib, und Handschellen hielten sie an Händen und Füßen. Das grelle Licht der Scheinwerfer traf sie von mehreren Seiten, und irgendwie wirkte sie wie ein Patient auf dem OP-Tisch.

Da Ziegler an ihrer linken Seite stand, war sie sehr gut zu sehen, und mit einem Blick erkannten Elektra und Don, dass man die Frau gefoltert hatte. Ihr Gesicht war blass, sodass sich einige dunkle Flecken dort besonders abhoben, die auch auf ihrem Körper zu sehen waren. Man musste nicht viel Fantasie aufbringen, um sich vorzustellen, was Ziegler mit ihr angestellt hatte.

In Don stieg ein irrsinniger Zorn hoch. Er hätte Ziegler am liebsten eine Kugel in das von einem dreckigen Grinsen gezeichnete Gesicht geschossen, aber er riss sich zusammen, denn dieser Mann konnte noch wichtig sein.

»So trifft man sich wieder, Harris«, höhnte Ziegler. »Aha, und die schöne Elektra hast du auch mitgebracht.«

»Aber nicht, um mit Ihnen eine Party zu feiern.«

»Das glaube ich sogar. Keine Party ohne das Amulett, nicht wahr?«

»Genau.«

»Und hast du es bei dir, Harris?«

»Ich weiß nicht mal, wo es sich befindet.«

»Tja, Azucena weiß es auch nicht. Oder sie will es nicht wissen. Dabei habe ich mit allen Mitteln versucht, sie zum Sprechen zu bringen, aber es ist mir nicht gelungen. Da haben wir eben alle das große Pech gehabt.«

»Nein, Ziegler, nur du ...«, meldete sich Azucena mit schwacher Stimme.

»Wieso ich?«

»Weil ich es den beiden gleich sagen werde.«

Jean Ziegler war so überrascht, dass sein Körper zu gefrieren schien. Er zwinkerte, dann lachte er meckernd und sagte: »Du hättest dir viel ersparen können, aber jetzt bin ich wirklich gespannt, wo du das Amulett hast.«

»Ich habe es nicht«, flüsterte sie, »aber ich weiß, wo man es finden kann ...«

»Wo denn?«, keuchte Ziegler.

»In London ...«

»Was sagst du da?«, schnappte Ziegler überrascht.

»Ja, in London!«, wiederholte Azucena. »Ich habe es

dorthin geschickt. An eine postlagernde Adresse, die einem gewissen Don Harris gehört. Für seine Zukunft ist es wichtig. Ich habe meine hinter mir, denn es braucht keine zwei Wächterinnen für einen Don Harris. Eine reicht!«

Mit dieser Eröffnung hatte Don Harris nie im Leben gerechnet. Er warf Elektra einen Blick zu, die sich ebenfalls als Wächterin bezeichnet hatte, und fragte mit sehr leiser Stimme: »Azucena auch?«

»Ja. Sie ist nicht immer den gleichen Weg gegangen wie ich, aber zuletzt hat sie zu ihrer Bestimmung zurückgefunden. Das ist gut.«

Don Harris war nicht fähig, eine Antwort zu geben. Er war noch immer wie vor den Kopf geschlagen. Sein Herz schlug schneller als sonst, und an seiner Stirn spürte er einen immensen Druck, als würde das dritte Auge dort aufleuchten.

Ein gellender Schrei machte ihn wieder auf das Geschehen vor ihm aufmerksam.

Es war Jean Ziegler, der geschrien hatte.

In seiner Hand hielt er ein Messer.

Die Klinge fuhr von oben nach unten und rammte tief in den Leib der nackten Azucena …

Auch Azucena schrie, und es war der letzte Schrei in ihrem Leben.

Ziegler war wie von Sinnen. Er riss die Klinge wieder hervor, und Blut schoss aus der Wunde. Der Schweizer hatte sich in einen wahnsinnigen und von

Hass getriebenen Teufel verwandelt. Er nahm auf nichts und niemanden mehr Rücksicht, wollte seinen irren Amoklauf fortsetzen. Dabei war es ihm egal, ob er gegen einen bewaffneten Gegner antrat oder nicht.

Mit dem Messer in der Hand warf er sich Don entgegen.

Der schoss!

Ziegler wurde voll getroffen, aber er wurde in seinem Sprung nicht gestoppt. Die rechte Hand mit dem Messer fuhr nach unten, und die rasiermesserscharfe Klinge hätte Don getroffen, wäre der nicht zurückgesprungen. So huschte sie an ihm vorbei ins Leere, und dann griff Elektra ein.

Sie feuerte die erbeutete Waffe ab, und die Kugeln trafen allesamt Zieglers Kopf, der sich in einen Klumpen aus Blut, Gehirnmasse und zertrümmerten Knochen verwandelte.

Jean Ziegler fiel und blieb liegen – tot!

Elektra schaute Don Harris an. »Das hat wohl so sein müssen. Und es tut mir nicht mal leid.«

Der Psycho-Cop gab keine Antwort, sondern starrte nur auf die Leiche, mit der etwas Seltsames geschah. Von den Füßen bis zu dem zerstörten Schädel fing der Körper auf einmal an zu glühen.

Dann schlug auf einmal Feuer aus der Kleidung des Mannes und auch aus seinen mit Blut und Gehirn verklebten Haaren. Von einem Moment zum anderen stand der Leichnam in Flammen, die rasend schnell das Fleisch von den Knochen fraßen.

Don Harris schaute auf den halb zerstörten Totenschädel, der aussah, als würde er grinsen. Bläuliches Feuer züngelte aus dem Mund und den Augenhöhlen, aus denen die Augäpfel als zäher Schleim hinaustropften, und in dem zertrümmerten Schädel, dort, wo das Gehirn gesessen hatte, kochte und blubberte es.

Zweimal klappte der Kiefer des brennenden Totenschädels auf und zu, als würde Ziegler noch leben – aber das war wohl kaum noch möglich.

Stinkender Rauch stieg von dem brennenden Toten auf, der in zackigen Bewegungen der Decke entgegenstieg und in dem Don für einen winzigen Moment eine widerliche Fratze erkannte, die Ähnlichkeit mit dem Kopf eines Menschen aufwies, aber auch mit dem einer Hyäne.

Don Harris rann ein kalter Schauer über den Rücken. Er wollte sich die Rauchfratze genauer anschauen, aber da hatte sie sich bereits aufgelöst, und auch die Flammen fielen in sich zusammen und ließen ein schwarz verkohltes Skelett zurück.

»Was war das?«, flüsterte er.

Elektra hob die Schultern. »Ein Gruß vom Teufel, denke ich. Er war eben ein echter Höllensohn …«

11

Der Kampflärm in den Tiefen des Bunkers hatte sich abgeschwächt.

Auf dem Boden des Verlieses lag eine verbrannte Leiche. Sie war einmal Jean Ziegler gewesen, der im wahrsten Sinne des Wortes eine Höllenfahrt angetreten hatte.

Elektra stand neben der toten Azucena und drückte ihr beide Augen zu. »Sie hat noch im letzten Moment die Kurve gekriegt und auf den richtigen Weg zurückgefunden.«

Don nickte gedankenverloren. »Das schon, aber trotzdem hat es mit ihr ein tragisches Ende genommen.« Obwohl Azucena in Spanien so brutal und mitleidlos aufgetreten war, traf ihr Schicksal Don Harris tief. Und er machte sich die schlimmsten Vorwürfe, dass er sie nicht hatte retten können. »Ich denke, dass du mir zu diesem Thema noch einiges sagen solltest, Elektra.«

»Das werde ich auch. Nur nicht hier.«

»Wo dann?«

»Wir sehen uns in London.«

Don wusste, dass er Elektra nicht aufhalten konnte.

Sie ging auf die noch immer offen stehende Tür zu und verschwand im Flur. Vor Mitgliedern der Höllensöhne, die möglicherweise noch nicht ausgeschaltet waren, oder Riglis Leuten brauchte sie sich nicht vorzusehen, denn durch ihre besondere Begabung würde sie schon dafür sorgen, dass niemand auf sie aufmerksam wurde.

Don blieb mit den Toten und seinen Gedanken allein zurück. Er hatte in der letzten Zeit einiges hinnehmen müssen und auch einiges erfahren, sowohl was die ESI betraf als auch Elektra, deren Aufgabe es war, ihn, den Wächter, zu beschützen. Damit war aber noch längst nicht alles geklärt, und er war gespannt, was in der Zukunft noch alles auf ihn zukommen würde.

Vor allem, was seine Eltern und im Besonderen seine Mutter, Elaine von Glastonbury, anging, gab es noch so einige offene Fragen.

Eine durch ein Megafon verstärkte Stimme hallte durch den Gang. »Don, wo sind Sie?«

Hauptmann Rigli hatte ihn gerufen. Don nahm seinen Helm ab, den er wohl nicht mehr brauchte, und verließ die Folterkammer der Höllensöhne. Als er auf den Gang trat, wurde er vom Schein einer hellen Lampe geblendet.

Mehrere Männer kamen auf ihn zu. Einer davon war Peter Rigli. Er brauchte nicht mehr durch die Flüstertüte zu sprechen, denn beide standen sich nun gegenüber.

»Und?«

»Ziegler lebt nicht mehr.«

Rigli nickte. »Dann haben wir wohl gewonnen.«

»Wie sieht es aus?«

»Vier Tote auf der Gegenseite. Bei uns nur zwei Verletzte. Das lässt sich verkraften.«

»Es wäre gut, wenn die Gefangenen so schnell wie möglich der ESI überstellt würden, damit unsere Spezialisten sie verhören können«, murmelte Don Harris.

»Ich bin sicher, unser beider Vorgesetzte werden sich entsprechend einigen«, war Rigli überzeugt. Er musterte den Psycho-Cop sehr intensiv und fügte hinzu: »Nur verstehe ich nicht, wie Sie hier unentdeckt hineingelangen konnten, Don.«

»Ich hatte Glück.«

Hauptmann Rigli nickte nur, dann betrat er das Folterverlies. Nachdem Don Harris ihm gefolgt war, schüttelte Rigli den Kopf und sagte: »Gütiger Himmel, was ist hier nur passiert?«

»Ein Finale. Leider konnte ich Ziegler von seiner letzten Tat nicht abhalten.«

»Dann war Ihre Mission umsonst?«

Don schüttelte den Kopf. »Nein, nicht ganz. Ziegler gibt es nicht mehr, und das ist gut so, denn dieser Mann war eine Bestie in Menschengestalt.« Als er das sagte, dachte er an seinen Freund Mac Sterling, genannt Silver, der vom gleichen Kaliber gewesen war.

Peter Rigli schaute sich Zieglers Leiche genauer an. »Und warum ist Ziegler verbrannt?«, wollte er wissen.

Don hob die Schultern. »In manchen Menschen

schlummert wohl die Hölle mit all ihrer verzehrenden Kraft«, antwortete er ausweichend.

Die Höllensöhne gingen Hauptmann Rigli nichts an. Sie waren einzig und allein sein Problem und würden es wohl noch lange bleiben.

+++ PHANTASTISCHE BÜCHER +++
ZAUBERMOND
STERNEN FAUST
BAD EARTH
COCO ZAMIS
MADDRAX
PROFESSOR ZAMORRA
Der Meister des Übersinnlichen
DORIAN HUNTER
Die dunkle Eminenz
TORN
SPIEGEL DES BÖSEN
Alle Serien mit brandneuen Texten
als Hardcover mit Schutzumschlag
Keine Vorauszahlung! Einzelbestellungen über € 20,- Warenwert portofrei.
Abonnements grundsätzlich portofrei und jederzeit kündbar.
Auch ältere Titel weiterhin komplett lieferbar.
ZAUBERMOND
Tony Ballard
Die Horror-Serie von A.F. Morland
Tony Ballard 8
»Die Stunde des Wolfs«
von A. F. Morland
In London treibt eine neue Art von Werwölfen ihr blutiges Unwesen: Sie können jederzeit zuschlagen, buchstäblich aus heiterem Himmel, am helllichten Tag und ohne die zwingende Kraft des Vollmonds. Ein Fall für Tony Ballard …
Zaubermond-Bücher gibt es nur exklusiv per Post/Fax/Tel. oder online unter
www.ZAUBERMOND.DE
Zaubermond-Verlag · Vahrenwinkelweg 63 · 21075 Hamburg
Tel. 0 40 / 53 02 06-96 · Fax 0 40 / 53 02 06-97
e-mail info@zaubermond.de